PERCEPCIÓN

UNA HISTORIA CON SENTIDOS

PERCEPCIÓN
UNA HISTORIA CON SENTIDOS

OSMER MARTÍNEZ

ola
PUBLISHING
INTERNACIONAL

Hola Publishing Internacional
Eugenio Sue 79, int. 4, Col. Polanco
Miguel Hidalgo, C.P. 11550
Ciudad de México, México

Primera edición, Noviembre 2023
ISBN: 978-1-63765-462-0
Número de control de la Biblioteca del Congreso: 2023913370

Querido lector,

Es un honor y un privilegio presentarte mi libro *Percepción: Una historia con sentidos*. Con cada página escrita, mi deseo más profundo es sumergirte en un mundo lleno de percepciones extraordinarias.

Este libro está dedicado a ti, porque eres la razón por la que mis palabras cobran vida. Tu apoyo y curiosidad han sido la inspiración detrás de cada línea, cada metáfora y cada descripción detallada. Espero que este libro te transporte a través de los sentidos, permitiéndote saborear, oler, escuchar, tocar y ver cada historia con intensidad. Dedico este libro a aquellos que nunca han tenido miedo de explorar nuevas perspectivas, a aquellos que buscan trascender las barreras de lo ordinario y se sumergen en lo desconocido con valentía y fascinación.

Que estas páginas te animen a cuestionar tus propias percepciones y a descubrir los matices ocultos en cada momento de la vida. Que estas palabras te inspiren a abrazar la belleza de lo imperceptible, a apreciar los sutiles detalles que a menudo pasan desapercibidos y a cultivar una conexión más profunda con el mundo que nos rodea. Que encuentres en estas historias una fuente de alegría, asombro y reflexión, y que se conviertan en una invitación constante a expandir tu percepción y vivir con todos tus sentidos.

Gracias por acompañarme en este viaje literario y por permitirme compartir contigo mi visión del mundo a través de estas páginas. Que cada historia te envuelva en una experiencia sensorial única y te deje con una huella indeleble en el corazón y en la mente.

Con gratitud y emoción,
Osmer Martínez

ÍNDICE

PRÓLOGO

En las vastas extensiones de la imaginación se erigen cinco mundos esenciales, cada uno portador de una magia única y una historia por contar. Bienvenido a *Percepción: Una historia con sentidos*, un viaje fascinante a través de los mundos de Olfatopolis, Tactopolis, Audiopolis, Gustopolis y Visionpolis. En estos asombrosos lugares, la vida se entrelaza con los sentidos del olfato, el tacto, el oído, el gusto y la visión. Aquí nacen, crecen y se desarrollan cinco personajes, cuyas características y dones están intrínsecamente ligados a la esencia misma de cada sentido.

A medida que sus historias se despliegan, descubrimos el maravilloso poder de aprovechar al máximo nuestros sentidos y buscar la trascendencia en la vida. Cada protagonista se embarca en un viaje personal, una búsqueda de autodescubrimiento que los lleva a explorar los límites de sus capacidades sensoriales.

En Olfatopolis, el aroma se convierte en la del protagonista guía y descubre cómo los olores pueden evocar emociones y recuerdos inolvidables. En Tactopolis, se despierta una conexión profunda con el mundo a través del sentido del tacto y se revela la belleza de cada textura y contacto. Audiopolis despierta la sinfonía oculta en el oído, donde el protagonista experimenta la música como una forma de comunicación y expresión pura. Gustopolis deleita al gusto con la variedad infinita de sabores y despierta una apreciación por la cocina y el arte culinario. Por último, en Visionpolis, el protagonista se sumerge en la riqueza visual del mundo, descubriendo cómo la vista puede revelar verdades ocultas y belleza en cada detalle.

Estos cinco sentidos convergen en un lugar mágico llamado Percepción, el epicentro de esta historia sensorial. Aquí, los sentidos dan origen a un personaje que representa al lector del libro, invitándolo a unirse a este viaje de descubrimiento y crecimiento.

A través de estas páginas, el lector aprenderá sobre las potencialidades y las oportunidades que puede desarrollar al prestar atención a sus propios sentidos. *Percepción: Una historia con sentidos* es un llamado a observar y no solamente mirar; a escuchar con detenimiento; a olfatear con agudeza y no solo conformarse a oler; a degustar todo lo que llevamos a nuestra boca para saborear los alimentos y bebidas; y a usar correctamente el órgano más grande del cuerpo humano, la piel, para descubrir y sentir las maravillas del mundo que nos rodea.

Acompaña a nuestros protagonistas en su travesía y despierta tus propios sentidos con la magia que yace en cada momento. Permíteles a tus sentidos ser tus guías y descubre la trascendencia que aguarda en la vida, confiando en el poder de tus propios sentidos.

Otaflo Rolo

CAPÍTULO I
Olfatopolis

Hace mucho tiempo, en un lugar lejano llamado Olfatopolis, nació un niño de aspecto poco común; era pequeño
para su edad, de cabellos crespos, ojos marrones, delgado,
de piernas flacas y brazos largos, pero con una inmensa
nariz, lo que lo hacía diferente al resto de los niños de
su localidad. Su nombre era Otaflo y su apellido Rolo, y
desde su nacimiento tuvo un don especial: un sentido
del olfato extraordinario.

Otaflo, dotado de un poder sobrenatural, maravillaba a
todos aquellos que tenían el privilegio de conocerlo por su
increíble habilidad para percibir el mundo a través de su
prodigioso sentido del olfato. Durante su infancia, su nariz
se convirtió en una herramienta fascinante que le permitía
desvelar un universo oculto de fragancias.

Desde una edad temprana, Otaflo tuvo la suerte de
encontrarse con un amigo muy especial con quien compartía momentos espectaculares. Su amigo era un cachorro
de perro cazador a quien bautizó con el nombre de Rodelo.

Su pequeño amigo tenía el mismo don de Otaflo, el super-poder del sentido del olfato.

Desde ese momento Otaflo entendió que su destino iba a ser muy diferente al de sus familiares y conocidos, porque aprendería con su pequeña mascota lo fascinante que es olfatear todo a su alrededor. Así, Otaflo empezó a fortalecer aún más su talento innato para identificar y distinguir los más sutiles matices olfativos. Su nariz se volvió una herramienta poderosa que le otorgaba una ventaja única en su exploración del mundo que lo rodeaba. A medida que crecía, su habilidad para captar y analizar los olores se perfeccionaba aún más.

Las partes de su nariz, desde las fosas nasales hasta el bulbo olfatorio, trabajaban en perfecta armonía, lo que le brindaba una experiencia sensorial olfativa excepcional. Cada inhalación era un viaje mágico en el que Otaflo podía detectar los más sutiles cambios en el ambiente, rastrear imperfecciones en el cuerpo humano y seguir el aroma de las cosas más insólitas.

Su sentido del olfato no solo le permitía identificar objetos y personas a través de su aroma y hedor único, sino que también le brindaba información detallada sobre su estado de ánimo, emociones, enfermedades e incluso sus intenciones ocultas. Era capaz de percibir el miedo, la alegría, la tristeza e incluso la mentira con solo olfatear a las personas.

A través de su superpoder olfativo, Otaflo se convirtió en un verdadero detective del olor. Ayudaba a las personas a encontrar objetos perdidos, seguía el rastro de delincuentes y resolvía misterios desconcertantes basándose en las pistas que solo su nariz podía desentrañar. Su don era realmente extraordinario y maravilloso de presenciar.

La infancia de Otaflo fue un período en el que su superpoder se manifestó en todo su esplendor. Fue un tiempo de descubrimientos emocionantes y aventuras olfativas a través de las que su nariz se convirtió en la clave para desbloquear un mundo invisible para la mayoría de las personas. Su historia temprana lo convenció de que debía ir más allá de lo que conocía con la oportunidad y fortaleza que le brindaba su prodigioso sentido del olfato.

Las partes de la nariz de Otaflo trabajaban en armonía para permitirle percibir el mundo de una manera única y fascinante. Sus grandes fosas nasales eran el punto de entrada para los olores del entorno, eran aberturas inmensas y poderosas que capturaban las partículas aromáticas en el aire y las dirigían hacia el interior de la nariz. Dentro de las muy grandes fosas nasales, Otaflo contaba con una estructura esencial llamada tabique nasal. Este delgado muro separaba las fosas nasales en dos cavidades y ayudaba a dirigir el flujo de aire, permitiendo que los olores fueran adecuadamente procesados y detectados. Justo detrás del tabique nasal, Otaflo poseía los cornetes nasales, que eran pequeñas estructuras en forma de concha. Los cornetes nasales tenían una función crucial: al estar cubiertos de membranas y células olfativas, amplificaban la superficie para captar más olores de lo normal. Estas estructuras aumentaban la sensibilidad de Otaflo a las partículas aromáticas presentes en el aire. Luego de pasar por los cornetes, los olores capturados por las fosas nasales de Otaflo avanzaban hacia el bulbo olfatorio. Esta parte esencial del cerebro estaba conectada directamente a las células receptoras del olfato y era responsable de procesar y analizar las señales químicas transmitidas por los olores. En el caso de Otaflo, su bulbo olfatorio estaba excepcionalmente desarrollado, lo que le permitía interpretar los olores de una manera única y precisa.

Las partes de la nariz de Otaflo Rolo, cuando era niño, le dieron la oportunidad de ser un niño con un superpoder basado en el sentido del olfato, incluían las fosas nasales sensibles y eficientes, el tabique nasal que dirigía el flujo de aire, los cornetes nasales que amplificaban la captación de olores y el bulbo olfatorio altamente desarrollado, que procesaba y analizaba las señales olfativas de una manera extraordinaria. Estas partes trabajaban en conjunto para brindarle a Otaflo una capacidad olfativa sobresaliente y una experiencia sensorial única.

Otaflo tuvo la inquietud de estudiar los diferentes olores y hedores y sus efectos en las personas, y así descubrió que ciertos olores podrían mejorar el estado de ánimo y estimular a las personas para lograr lo inimaginable, mientras que los hedores podrían provocar ansiedad o estrés. Con esta información, Otaflo creó fragancias personalizadas para sus amigos y familiares, y pronto se dio a conocer por su habilidad para crear no solo perfumes, sino también olores que estimulaban la atracción entre las personas de sexos opuestos y del mismo sexo, así como otros que ayudaban a las personas a sentirse confiadas y seguras para emprender cualquier proyecto de vida, debido a que sus fragancias los motivaba y los hacía sentir importantes. Esto hizo que Otaflo se convirtiera en la figura más importante e influyente de su época en el pueblo donde nació.

Una mañana de primavera, Otaflo asistió a un evento muy lejos de donde vivía, donde prácticamente nadie lo conocía y mucho menos sabían de sus cualidades personales. Estando en ese lugar, observó que varios de los presentes estaban demostrando sus habilidades ante un gran jurado conformado por matemáticos, químicos, físicos y científicos de la época, quienes estaban evaluando a los estudiantes de una escuela local. Fue entonces que Otaflo, aupado por su instinto olfativo, decidió participar con su maravilloso don y decidió recrear un experimento para demostrar su habilidad.

Se acercó hasta la puerta del gimnasio donde se encontraba el jurado con los alumnos participantes y tocó la puerta para entrar. Al abrirse la puerta se escuchó entre los asistentes un silencio sepulcral y todas las miradas estaban puestas sobre Otaflo; claro, su aspecto fuera de lo común dejó a todos atónitos, y en los siguientes minutos el público presente comenzó a comentar sobre la gran nariz de Otaflo y sobre su aspecto muy diferente al de las personas que vivía en esa localidad. Pero Otaflo, confiando en su seguridad personal y siguiendo su instinto olfativo, pidió a uno de los auxiliares del evento que le vendaran sus diminutos ojos y que colocaran cualquier objeto frente a su enorme nariz. Uno de los jueces se levantó de la mesa y en voz alta exclamó: "Un momento, ¿quién autorizó a este joven a participar si aún no estaba inscrito?". Otaflo, de manera respetuosa, le respondió al juez: "por favor, permítame inscribirme para poderles demostrar algo que jamás han visto sus ojos y que será de gran impacto para cada uno de los presentes en este lugar·. El juez miró a sus colegas del estrado y estos, con una señal de mano, le indicaron que aceptaran la participación del nuevo concursante. El juez caminó lentamente hasta donde se encontraba Otaflo parado y lo invitó a sentarse en una silla de madera color negra que estaba ubicada en el centro del gimnasio cubierto. El juez le indicó a uno de los auxiliares que le colocaran una venda color negro en sus diminutos ojos y que se asegurara que Otaflo no pudiese ver absolutamente nada, y que, además, esparciera un aerosol ambiental en toda la pista, para que Otaflo diera inicio a su participación.

El Juez que se encontraba cerca de Otaflo sacó una manzana roja de su bolsa y la colocó cerca de la nariz de Otaflo, preguntándole que si sabía qué objeto era el que estaba en su mano. Rolo olfateó y sonrió de manera picara, respondiendo: "Decirle qué objeto tiene en su mano es demasiado fácil, hasta un ciego lo adivinaría, por lo tanto, no les voy a decir qué objeto es"; el juez, algo molesto, le dice "y entonces ¿cuál es esa habilidad que nos quería demostrar, si ni siquiera puede adivinar lo que tengo en mi mano?". Otaflo, con su sonrisa y su expresión de seguridad, le responde de manera enfática, "Señor juez, en su mano izquierda tiene una fruta redonda, de sabor dulce y de color rojo, decirle que es una manzana hubiese sido muy fácil de responder". El juez y todos sus colegas quedaron impresionados por lo que vieron y el público se levantó a aplaudir al pequeño Otaflo. Posteriormente, comenzaron a llevarle objetos, pañuelos, flores, sombreros y cosas que tenían los asistentes al evento y Otaflo, sin dudar en ningún momento, fue identificando cada uno de los objetos con precisión y no solo el objeto, sino que también les decía quiénes eran los dueños de cada uno de esos objetos.

Los jueces quedaron estupefactos por la sorprendente habilidad de Otaflo y el público quedó asombrado al ver cómo Otaflo podía identificar cada objeto como si tuviera ojos en su enorme nariz, así que los jueces, de manera unánime, le otorgaron el primer lugar en el evento de ciencias. Fue felicitado por todos y cada uno de los presentes. En esa oportunidad, varios de los participantes, molestos y envidiosos, se atrevieron a molestar a Otaflo, pero no pudieron hacerle nada, porque Otaflo abría sus enormes fosas nasales y los espantaba de manera inmediata.

A medida que pasaban los meses, el don de Otaflo se fortalecía más y más, y su habilidad para detectar aromas y fragancias del ambiente que lo rodeaba lo motivaron a crear fragancias únicas y personalizadas, haciendo que su fama creciera a lo largo de todo el largo camino por donde se desplazaba, en la búsqueda de otros elementos que lo llevarían a la trascendencia.

En una de sus tantas paradas, conoció a una persona que lo invitó a tomarse unos vinos en una taberna cerca del hostal donde se estaba quedando. Esta persona algo habladora se identificó como Natal Rahc y le comentó a Otaflo que él conocía a muchas personas influyentes y de dinero que podrían ayudarlo a montar una fábrica de perfumes, y que con todo gusto él lo ayudaría a contactarlos. Insistió mucho en que dejara la parte de relaciones públicas y de manejo de fondos en sus manos. Otaflo, siguiendo su instinto olfativo, le siguió la corriente y aceptó la invitación de su nuevo amigo.

Después de unas horas, Otaflo se acercó a la taberna donde lo estaba esperando su nuevo amigo Natal Rahc, pero, al llegar al sitio, olfateó que algo no muy bueno se percibía en el ambiente. Los presentes en la taberna observaron con detalle la imagen y figura de Otaflo, que claro que no era alguien común. Sin embargo, nadie dijo nada y solo se dedicaron a observar a Otaflo desde que entró hasta que se sentó en la barra de la taberna, la cual quedaba de frente a la pista de baile y al lado derecho de una vieja rocola. Minutos más tarde, entró a la taberna una hermosa mujer, era alta, pelirroja, tenía ojos azules y piel blanca, y, sin pensarlo dos veces, se sentó justo al lado de Otaflo, como disimulando que el aspecto poco común de Otaflo no le había causado impresión.

Otaflo expandió sus enormes fosas nasales e inmediatamente identificó de dónde venía el peligro. Acto seguido, llegó a la taberna su recién conocido Natal Rahc y, al verlo sentado junto a la pelirroja, le exclamó "¡Caramba, Otaflo! Ya veo que conociste a mi amiga Aidivne", quien respondió: "Aun no lo he conocido. Como lo vi tan serio, no quise molestarlo". Otaflo, sin decir nada, solo se limitó a escuchar lo que ambos le ofrecían para iniciar su nuevo negocio; los dejó hablar mientras olfateaba un buen vino tinto y sacaba sus propias conclusiones. Al pasar dos horas en la taberna, Otaflo, sin mediar palabra, se levantó de su silla y se marchó del lugar, dejando a la Aidivne y al Natal Rahc hablando solos sin recibir un sí ni un no de parte de Otaflo, él olfateó que nada de los ofrecimientos y propuestas de negocio le olían bien, por eso se retiró del lugar sin decir nada. Al día siguiente, Otaflo se despertó a las cinco de la madrugada, recogió todas sus pertenencias y, después de un suculento desayuno, continuó su camino en la búsqueda de sus sueños, el complemento que le haría conseguir la trascendencia.

Pasaron varios meses desde que Otaflo continuó su larga travesía y, desde que conoció a las dos personas en el pueblo que había visitado anteriormente, se hospedó en una cabaña cerca de un río en una zona boscosa donde las feromonas y el ruido de las aves y de otros animales lo hacían sentir que estaba en el paraíso. El poder del olfato de Otaflo se fortalecía con cada aroma que penetraba en sus fosas nasales, las moléculas de olor que flotaban en el aire en forma de vapor llegaban a su enorme nariz, se disolvían en su mucosa y lo hacían experimentar momentos increíbles. Desde su cabaña y sin un dólar en el bolsillo, Otaflo comenzó a extraer de las flores y de los árboles diferentes fragancias, las cuales lograba embotellar en recipientes de vidrio de viejas botellas de vino que se encontraba en el camino, y vendía sus fragancias en las ferias de los domingos.

Otaflo comenzó a recibir pedidos de personas de otros pueblos y de otros mundos lejanos que querían su ayuda para crear nuevas fragancias y, de esta manera, hacer de sus mundos más agradables a través del sentido del olfato. Años más tarde, Otaflo se convirtió en un empresario de gran valía para quienes lo conocieron desde sus inicios, pero él seguía buscando mejores oportunidades y otros horizontes para lograr su autorrealización y trascendencia, ya que Otaflo sentía que aún faltaba mucho por hacer y que necesitaba algo más. La habilidad para crear nuevas fragancias personalizadas lo llevó a querer lograr otras cosas en su vida, sin olvidar su pasión por los olores y su habilidad para identificarlos.

Con el tiempo, Otaflo continuó fortaleciendo su don para reconocer nuevos olores, convirtiéndose en una leyenda en su oficio. Su habilidad para identificar los olores lo llevó a la cúspide y nunca dejó de usar su don para ayudar a los demás. Esa habilidad única de Otaflo lo animó a visualizar, a través de su olfato, sus oportunidades en la vida, razón por la cual decidió emprender camino fuera de su mundo en la búsqueda de otros horizontes y guiado por la fuerza de su gran nariz. Otaflo sabía que, más allá de su impresionante olfato, existían otras fortalezas que, unidas entre sí y sabiéndolas usar, podrían convertirse en lo más poderoso.

Durante su largo viaje en la búsqueda de otros horizontes, Otaflo se tropezó con muchos lugares fascinantes, llegando al fin al increíble mundo de las fragancias, un lugar mágico y misterioso que llamó su atención durante su travesía. Según Otaflo, el Olfatopolis es un lugar donde los olores y los aromas son tan envolventes que lo llegaron a afectar de manera muy fuerte, tanto así que su estado de ánimo y su comportamiento cambiaba de aroma en aroma, y lo mismo podía observar en los diferentes visitantes que llegaban al lugar. Para Otaflo, ese mundo era un lugar muy hermoso lleno de flores, árboles y plantas exóticas que emanan fragancias únicas. Los visitantes que llegaban de otros mundos podían caminar por rutas y caminos rodeados de flores y plantas y sentir cómo los olores los envolvían y los transportaban a otros mundos ficticios.

Una de las cosas que hacen de Olfatopolis un lugar tan especial es el efecto que tiene en las personas. Se dice que las feromonas pueden afectar el estado de ánimo y el comportamiento de los seres humanos y de los animales, y en este fascinante mundo, los diferentes olores de las feromonas son tan intensos que pueden hacer que las personas se sientan eufóricas, relajadas o incluso enamoradas. Los visitantes a menudo experimentan una sensación de paz y tranquilidad, y algunos, incluso, informan haber tenido experiencias espirituales o místicas mientras están allí. Los olores y fragancias que se huelen en Olfatopolis son tan fuertes que podrían afectar a las personas de maneras sorprendentes.

Según Otaflo, ese enigmático mundo de las feromonas lo hizo comprender que el poder de su olfato sería su mayor fortaleza para conseguir todo lo que su inquieta mente imaginara, que nada sería imposible de alcanzar teniendo en sus dos fosas nasales su mejor oportunidad de éxito. A través de los olores y del comportamiento de los demás, él podría identificar las emociones y las características de cada persona, olfateando sus oportunidades y fortalezas; además de identificar, también, a las personas negativas de acuerdo a sus debilidades y amenazas.

En el curso de los meses, Otaflo continuaba experimentando con las emociones de las personas, debido a que cada vez que alguien olía alguna de sus fragancias, las personas cambiaban de ánimo y eso fue determinante para seguir su instinto olfativo. Otaflo se dio cuenta de que las personas podían asociar ciertos olores con su estado de ánimo; es decir, que una vez que una persona o un animal sufría una situación de peligro asociado a determinado olor, eso le podría causar miedo o inseguridad al momento en que su memoria olfativa lo recordara. También se dio cuenta de que los momentos de alegría y felicidad se podían asociar a ciertos olores y fragancias. Entre los olores que afectan el estado de ánimo de las personas en general están los olores del combustible, el amoniaco o de productos químicos, porque esos olores causan irritación en los ojos y en las vías respiratorias. Otro de los aspectos que Otaflo estudió fue la conexión de los olores y las relaciones interpersonales; es decir, el olor y hedor del cuerpo humano. Otaflo se dio cuenta de que el primer contacto que existe entre dos personas o dos animales es el olor y el hedor de sus cuerpos.

Concluyó que los seres humanos tienen una gran capacidad para percibir y procesar información a través del sentido del olfato. El olfato juega un importante papel en muchas de las funciones biológicas del cuerpo humano, las cuales incluyen la detección del peligro, la identificación de alimentos, el reconocimiento de una potencial pareja o de un potencial amigo y, en general, en las relaciones sociales y emocionales. En cuanto a la atracción sexual, Otaflo confirmó que ciertas feromonas o sustancias químicas que libera el cuerpo humano o animal tienen efecto en la atracción sexual. Por otro lado, se dio cuenta de que la mayoría de las mujeres, al hacerle caso a su sentido del olfato, pueden ser atraídas por el olor de los hombres, cuyos genes de histocompatibilidad son diferentes a los suyos, lo que aumenta la probabilidad de tener descendencia sana y diversa.

Aunado a las feromonas, Otaflo observó que también hay otros olores que pueden influir en la atracción sexual, como los productos de cuidado personal, algunos perfumes y aerosoles corporales. Sin embargo, las preferencias de los seres humanos varían según el desarrollo del instinto olfativo de cada persona.

Otaflo se dio cuenta de que el olfato es el primer sentido que se activa entre dos personas que se atraen sexualmente, pero que también otros sentidos deben activarse de manera consecutiva para que una relación funcione de manera perfecta. Además, también se percató de que el olor que también podría ayudar a formar y fortalecer la relación entre padres e hijos, entre hermanos, entre amigos y entre socios. Por ejemplo, cuando un niño recién nacido sale al mundo exterior, inmediatamente su olfato se activa y puede oler a su madre a través de su sudor y de la leche materna que brota de sus pechos. Además, también se dio cuenta de que la captación y la respuesta a los olores puede variar entre diferentes culturas y contextos sociales.

Con la experiencia adquirida, Otaflo se estableció un objetivo general de estudio: confirmar que el olfato influye en una persona que busca la compañía de otra persona de sexo opuesto y cómo afectaría a esas dos personas en una potencial relación. Para realizar su experimento, Otaflo organizó un baile en una posada cerca del bosque donde estaba viviendo, donde los olores y fragancias estaban al olfato de todos, para el día sábado siguiente. Contrató la orquesta del pueblo y mandó a preparar ricos manjares para la ocasión, envió invitaciones a todas los habitantes del pueblo para que lo acompañaran en su fiesta. Llegado el día de la fiesta, Otaflo instaló cámaras de grabación en todo el salón de baile para grabar el comportamiento de las personas durante la fiesta.

Los primeros invitados que llegaron fueron los dueños de la posada, una pareja de treinta y treinta y cinco años de edad que aparentaban una sólida relación desde hacía más de diez años. Posteriormente llegó una hermosa mujer de piel blanca, cabellos color negro color azabache y ojos violetas, de un metro setenta y seis centímetros de estatura, delgada y de una belleza poco común. Al entrar, inmediatamente llamó la atención de los músicos y del mismo dueño de la posada, pero ella, sin mirar a nadie, se sentó sola en una mesa ubicada en la parte derecha de la entrada principal. Las miradas iban y venían, Otaflo sentía la respiración acelerada de los presentes a través de su gran nariz, pero ninguno se atrevió a acercarse a la bella dama debido a que ella no daba entrada a nadie. Pasaron treinta minutos desde que llegaron los primeros invitados, cuando, de pronto, empezaron a llegar más personas, entre hombre y mujeres. Fue tan rápido que, en menos de quince minutos, todas las mesas estaban ocupadas, dándose inicio al baile. Otaflo observaba el comportamiento de cada uno de los presentes y olfateaba que las pulsaciones y feromonas estaban alteradas, que las mujeres y hombres que llegaron solos ya estaban relacionándose sin conocerse y otros, aun conociéndose, no se acercaban el uno al otro. También observó que la hermosa dama que había llegado sola seguía sentada y sin ánimo de bailar.

Al cabo de unas horas, todos los presentes seguían disfrutando de la fiesta y la hermosa dama rechazaba las reiteradas invitaciones a bailar que le hacían los caballeros. Otaflo sabía que los hedores y olores que estaban en el ambiente no eran los que podrían motivar a la hermosa dama a bailar, y entonces, Otaflo, para confirmar sus estudios sobre el poder del olfato en la atracción entre un hombre y una mujer, decide ir a su cuarto y colocarse una fragancia que él había elaborado con aceites de feromonas masculinas. Al llegar a su habitación se colocó dos gotas de su potente perfume detrás de sus diminutas orejas, se peinó sus cabellos crespos, se sopló su grande y roja nariz y regresó al salón de fiesta.

Al entrar a la pista de baile rumbo a la barra, todas las mujeres voltearon a ver a Otaflo, pero la que más se sintió atraída a él, fue la hermosa mujer piel blanca que estaba sentada sola desde que llegó a la fiesta. La mujer no dejaba de mirar a Otaflo, hasta el extremo de sonreír y guiñarle un ojo. Ahí fue cuando Otaflo caminó hasta la mesa y sin mediar palabra ni tocarla, la invitó a bailar.

En los primeros minutos del baile, ambos lo hacían a corta distancia, pero sin tocarse y sin hablarse, solamente se miraban entre sí. Ella buscaba respuestas al por qué se había fijado en Otaflo y él pensaba que su fragancia sí estaba funcionando como lo había previsto, ya que todo parecía estar funcionando bien. Otaflo le agarró la mano para seguir el baile y ella, de repente, cambió la expresión de su rostro al sentir la piel fría de Otaflo y, cuando él intentó preguntar con su voz chillona el nombre de la enigmática mujer, ella, sin darle tiempo, salió del lugar a veloz carrera y sin despedirse. Otaflo observó cómo se alejaba del lugar pensando que, si bien el olfato de la dama desconocida había percibido las feromonas de su perfume, aparte del olfato existían otros sentidos capaces establecer una fuerte relación entre dos personas de sexos opuestos. Pensó, sin dudar, que el segundo sentido en activarse al inicio de cualquier relación personal sería el sentido del tacto.

Después de la experiencia vivida por Otaflo en la fiesta de la noche anterior, Otaflo decide ir a buscar respuestas sobre el sentido del tacto e inicia su viaje a un lugar llamado Tactopolis.

¡No te pierdas el próximo capítulo,
te dejará sin aliento!

CAPÍTULO II
Tactopolis

En un lejano lugar llamado Tactopolis nació una niña que, al paso de los años, empezó a desarrollar un don muy particular: su piel podía sentir todo a su alrededor. Tenía diminutos tentáculos invisibles al ojo humano en toda la piel, y ella podía ver cada vez que se observaba en un espejo o cuando miraba sus manos o plantas de los pies. Cada tentáculo se ramificaba en una serie de terminaciones nerviosas más pequeñas que tenían la capacidad de detectar diferentes tipos de señales como la temperatura, las vibraciones, la sequedad, la humedad, la textura de los objetos, la presión y el dolor que hacían contacto con su piel. También podía diferenciar lo mojado y lo seco de cualquier superficie externa a ella. En fin, podía sentir cualquier estímulo por muy complejo que fuera.

Su nombre era Elbisnes Otcat y había nacido con esa super cualidad que no era normal dentro de sus familiares y amigos, pero en su pueblo la aceptaban como uno más de ellos. Elbisnes era alta, de ojos grandes y de color negro, orejas diminutas, con cabello corto y de color amarillo naranja, y tenía brazos largos y piernas largas y muy delgadas. Poseía la capacidad de detectar el peligro y las cosas malas con solo tocarlas y siempre pasaba sus días explorando su mundo y comunicándose con las demás personas de su pueblo a través de sus manos y pies. A medida que descubría nuevas sensaciones y experiencias, Elbisnes se dio cuenta de que, en cada una de las terminaciones nerviosas de sus manos y pies, tenía diferentes receptores, lo que le permitía percibir el mundo exterior en una variedad de formas.

En una apacible mañana, Elbisnes se dirigía a su colegio cuando, al cruzar un río cercano, divisó un diminuto huevo reposando en la orilla. Su agudo sentido del tacto le instó a acercarse y descubrir qué le había ocurrido a aquel misterioso huevo abandonado. A medida que se aproximaba, Elbisnes sentía una pulsación de vida en aquella cáscara ovalada y resistente de tonalidad amarillenta. Surgió, entonces, la pregunta en su mente: "¿Dónde estará la madre de este desamparado huevecillo?". Decidida a hallar a la madre pata del huevo abandonado, Elbisnes se adentró en los alrededores, aunque su búsqueda resultó infructuosa. Para impedir que otro animal se deleitara con el huevo, tomó la valiente decisión de llevárselo consigo, ya que, al tocarlo, percibió la presencia de una criatura en gestación y sintió una placentera sensación. Con delicadeza, Elbisnes lo resguardó en el bolsillo de su abrigo y prosiguió su camino hacia la escuela.

Durante la mañana de clases, Elbisnes acariciaba a su pequeño acompañante para mantenerlo cálido, pero pronto descubrió que dentro del huevecillo no se encontraba un patito, sino algo de mayor envergadura: un ser de cuatro patas, una piel altamente sensible y una enorme cola. Al darse cuenta de que no se trataba de un pato, decidió retornar el huevo a su lugar de origen. De vuelta a su hogar, Elbisnes pasó nuevamente por el río y depositó el huevo en el mismo lugar donde lo encontró, alejándose para observar desde lejos.

De pronto, el huevo comenzó a moverse y a romperse de adentro hacia afuera. Movida por la curiosidad y la expectación, Elbisnes regresó para conocer a la nueva criatura y quedó estupefacta al contemplar que había nacido un pequeño cocodrilo, el cual salió corriendo y se abalanzó en los brazos de Elbisnes, como si quisiera decirle "hola". Aunque el cocodrilo bebé no pronunció palabra alguna, transmitió su mensaje a través de su poderoso sentido del tacto.

Elbisnes se quedó boquiabierta y, sin titubear, lo bautizó con el nombre de Olirdococ. A partir de aquel inolvidable instante, Olirdococ se convirtió en su mejor amigo. Ambos sentían que estaban destinados el uno para el otro, destinados a ser grandes compañeros, pues compartían un excepcional sentido del tacto.

A medida que pasaban los años, Elbisnes se dio cuenta de que era capaz de comunicarse incluso con los animales, ya que utilizaba diferentes tipos de receptores para percibir el lenguaje de cualquier ser vivo. Fue entonces que Elbisnes decidió aprender de su gran habilidad y buscar las oportunidades y fortalezas de su don para interpretar las señales del lenguaje corporal y adaptarse a ellas con el objeto de desarrollar habilidades que le permitiera comunicarse con mayor fluidez, sin necesidad de hablar, y poder estar alerta ante cualquier situación de peligro inminente.

A las diez de la mañana de un día soleado y caluroso, Elbisnes sintió que algo inusual se iba a presentar en el pueblo. A través de sus terminaciones nerviosas supo que una gran tormenta energética se acercaba a Tactopolis, así que Elbisnes corrió a la iglesia del pueblo y subió al campanario para tocar la enorme campana y, de esta manera, avisar a los pobladores que una gran tormenta eléctrica se acercaba. Causó un caos en el pueblo, debido a que esa campana se usaba solamente por una amenaza de gravedad que ponga en peligro a los habitantes de Tactopolis.

Después de las campanadas pasaron varios minutos, pero todo continuaba normal. El sol estaba más radiante que nunca, y solo una que otra nube se dejaba ver en el cielo azul de Tactopolis. Los pobladores, molestos, decidieron convocar una reunión en la plaza del pueblo con la presencia del alcalde, el juez de familia, el cura y todos los personajes notables de Tactopolis, con la finalidad de darle un escarmiento público a Elbisnes por haber alarmado a la colectividad por una supuesta tormenta que jamás ocurrió.

Estando todos presentes en la Plaza Central y a la espera del alcalde y demás autoridades, notaron que el viento empezó a soplar fuertemente. El campanario de la iglesia comenzó a sonar repetidamente a causa de las ráfagas de viento que se estaban haciendo mucho más fuertes; el cielo empezó a oscurecer de manera rápida y el sol desapareció. Todo quedó en tinieblas ante los ojos de los presentes y Elbisnes comenzó a retorcerse en el piso porque sus tentáculos estaban percibiendo la gran cantidad de energía cósmica que la tormenta eléctrica traía consigo.

Como consecuencia de la tormenta eléctrica que se había iniciado en el pueblo, Elbisnes quedó inconsciente e, incapaz de distinguir entre los diferentes tipos de estímulos, incluso perdió la capacidad de detectar señales por completo. Los presentes en la plaza la cargaron en hombros y la llevaron al viejo hospital de la localidad para darle los primeros auxilios, todos estaban preocupados y a su vez arrepentidos por no haber escuchado las señales de alarma que Elbisnes les había manifestado en la mañana. La tormenta continuó por más de tres horas y las ráfagas de viento se llevaron los techos de varias casas del pueblo; el río que estaba a unos tres kilómetros, comenzó a desbordarse y se convirtió en una gran amenaza para la seguridad de los pobladores. El alcalde llamó a los bomberos y a la policía para que, entre todos, ayudaran a socorrer y a trasladar a las mujeres, ancianos y niños a la parte más alta del pueblo, con la intención de evitar algún daño a los pobladores más vulnerables.

Pasadas las tres de la tarde de ese mismo día, Elbisnes se recuperó y despertó del trance en el que se encontraba en una de las camillas del viejo hospital. Elbisnes se sentó y le dijo al médico que ella necesitaba salir del hospital para caminar por el césped, ya que sentía que algo más iba a suceder. El doctor y varios de los presentes, sin dudar ni un segundo, la acompañaron hasta la parte trasera del hospital para que caminara sobre el césped. Todos los presentes se quedaron en silencio, observando a Elbisnes caminar sobre el césped inundado y viendo cómo caía un torrencial aguacero. En ese momento, Elbisnes se paró, vio a la multitud y les gritó de una manera espeluznante a los que estaban dentro del hospital: "¡Salgan todos del hospital, va a temblar!". El grito de Elbisnes se escuchó en toda la cuadra y, enseguida, los pobladores que estaban dentro del viejo hospital salieron corriendo con destino a la plaza. Todos iban rezando y murmurando, "Corran, que Elbisnes tiene razón en lo que dice".

Y, pues, sí, Elbisnes tenía razón en sus predicciones. Pasaron unos pocos minutos y comenzó un terremoto de 6.7 en la escala de Richter, el viejo hospital, la iglesia y varias casas empezaron a derrumbarse una por una. Los presentes en la plaza comenzaron a rezar de rodillas, mientras que Elbisnes les decía que ya todo lo peor había pasado, que en pocos minutos iba a dejar de llover y que el río no se iba a desbordar, porque ella sentía eso a través de sus pies y manos; es decir, a través de su extraordinario sentido del tacto. También les aseguró que a las cuatro de la tarde el sol iba a levantar y que el cielo se despejaría por completo, y así sucedió.

A partir de ese día, Elbisnes se convirtió en una celebridad en Tactopolis. Todos los pobladores querían darle la mano, agradecerle por su ayuda y le pidieron perdón por no haber creído en su alerta temprana. Desde entonces, Elbisnes vivió en armonía con sus coterráneos y aprendió a sentir los mensajes corporales de los animales y plantas de su pueblo, siempre honrando la diversidad de la percepción del mundo. Elbisnes descubrió que, a través de los receptores localizados en cada poro de su piel podía percibir la textura, la forma y la dureza o suavidad de los objetos, todo gracias a su poder del tacto. También descubrió que podía sentir la presión, la temperatura, el dolor o el placer de una caricia, gracias a su poderoso sentido que se halla en su dermis. Durante los siguientes años, Elbisnes logró fortalecer el arte de su tacto, lo que le permitía reconocer las intenciones y el estado de ánimo de las personas a las que tocaba. Ese tipo de fortaleza la enseñó a percibir los peligros y malas intenciones en su entorno.

Unos años después, Elbisnes viajó a unas minas de coltán fuera de Tactopolis, con la finalidad de reunirse con unos empresarios mineros que la habían contactado por intermedio del alcalde de Tactopolis, quien, a su vez, les había hablado de la hazaña que Elbisnes protagonizó cuando alertó al pueblo de la tormenta eléctrica y del terremoto que azotó Tactopolis años atrás. Elbisnes, con dieciocho años, quería explorar otros ambientes y sentir con sus tentáculos otras experiencias de vida y, durante las veinte horas que duró el viaje, experimentó toda clase de sensaciones y estímulos; sentía el cambio de la temperatura, el aire que rozaba su piel, la vibración del suelo por donde pasaba y las intenciones buenas y malas de quienes le daban la mano en cualquier circunstancia. Todas esas experiencias iban fortaleciendo el sentido del tacto de Elbisnes.

Al llegar al sector donde se encontraban las minas de coltán, Elbisnes sintió cómo la superficie de la tierra se movía. Claro, ella sentía el caminar y movimiento de las personas y máquinas que estaban trabajando en la zona de minería. Al cabo de media hora, Elbisnes llegó a la entrada de la compañía minera, su nombre era Suministros de Coltán LLC y, al llegar, fue recibida por uno de los dueños socios de nombre Rodafatse, a quien saludó dándole la mano. En ese momento Elbisnes sintió una mala energía, pero siguió adelante para reunirse con el otro dueño de las minas. Al llegar al área de oficinas de la Compañía, Elbisnes se encontró de frente con el otro socio de la empresa que se identificó como Odaifnoc y le dio la mano y, en ese momento sintió que Odaifnoc era una persona de confiar. Esta fue la razón por la cual Elbisnes, decidió continuar la visita y escuchar sobre los beneficios que ofrecía la compañía para nuevos empleados y aceptar el empleo, porque sentía la necesidad de ayudar a Odaifnoc.

Elbisnes, con su capacidad de sentir las amenazas a través del sentido del tacto, empezó a darle señales a su nuevo jefe de cómo aprender a utilizar su sentido del tacto y, de esa manera, protegerse ante cualquier amenaza que pudiese afectarlo en lo personal y en lo profesional. Es decir, Elbisnes le explicó lo importante y versátil que es el sentido del tacto que poseen los seres humanos.

Los primeros días de trabajo de Elbisnes como directora de Recursos Humanos en la compañía fueron intensos y llenos de retos emocionantes y sensitivos. Con su habilidad para conectar con las personas a través de su sentido del tacto, Elbisnes se embarcó en su nuevo rol con entusiasmo y determinación.

En sus primeros días, Elbisnes se dedicó a familiarizarse con la estructura de la compañía y a conocer al equipo de Recursos Humanos y a los empleados de la organización, a quienes llamó a su despacho para entrevistarlos y darles la mano, todo con la intención de sentir sus vibraciones y conocer las características de cada uno de ellos. También organizó reuniones en grupo para escuchar a los empleados y comprender sus necesidades y expectativas. Uno de los primeros objetivos de Elbisnes fue fortalecer la cultura organizacional y fomentar un ambiente de trabajo positivo y colaborativo y, para lograrlo, trabajó en estrecha colaboración con los gerentes y líderes de la compañía para asegurarse de que los empleados se sintieran a gusto en el trabajo.

Además, Elbisnes estableció programas de capacitación y desarrollo para mejorar las habilidades y competencias de los empleados, aunadas al desarrollo de sus sentidos del tacto. Identificó las necesidades de formación y diseñó programas adaptados que permitieran a los empleados crecer tanto a nivel personal como profesional. Como directora de Recursos Humanos, Elbisnes también se esforzó por mejorar la comunicación interna e implementó canales de comunicación efectivos y transparentes, como boletines informativos, reuniones regulares y herramientas digitales, para asegurarse de que la información fluyera de manera rápida y que todos los empleados estuvieran al tanto de las novedades y decisiones importantes de la compañía.

Otro aspecto relevante en los primeros días de trabajo de Elbisnes fue establecer relaciones sólidas y colaborativas con otros departamentos de la compañía. Trabajó en estrecha colaboración con el departamento de finanzas para garantizar la adecuada gestión de la nómina y los beneficios de los empleados, así como con el departamento de operaciones para alinear las necesidades de personal con los objetivos y proyectos de la empresa. En general, los primeros días de Elbisnes como directora de Recursos Humanos estuvieron llenos de energía y dedicación para construir un entorno laboral positivo, equitativo y productivo. Su enfoque en el bienestar de los empleados, el desarrollo profesional y la comunicación efectiva, sentó las bases para un departamento de Recursos Humanos sólido y exitoso en la compañía.

Pero después, en un giro inesperado, Elbisnes, con una gran pasión por la justicia, se encontró involucrada en un enfrentamiento con Rodafatse, uno de los socios de la empresa Suministros de Coltán LLC que conoció en su primera visita. La compañía, dedicada a la producción y distribución de coltán, se vio sacudida por acusaciones de robo a los accionistas por parte de Rodafatse. Elbisnes, consciente de la importancia de proteger los derechos de los accionistas y mantener la integridad empresarial, decidió confrontar a Rodafatse y poner fin a sus acciones fraudulentas. Utilizando su perspicacia y habilidades investigativas de su don, se embarcó en una búsqueda de pruebas sólidas que respaldaran las acusaciones.

Con una determinación inquebrantable, Elbisnes recolectó evidencia contundente para respaldar las acusaciones de robo contra Rodafatse. Presentó esta evidencia ante las autoridades pertinentes y cooperó estrechamente con ellas durante la investigación exhaustiva. Aunque el proceso fue desafiante y lleno de obstáculos, la perseverancia de Elbisnes finalmente dio sus frutos: las pruebas presentadas revelaron las prácticas fraudulentas de Rodafatse, quien había estado desviando fondos de los accionistas en beneficio personal.

Gracias a los esfuerzos incansables de Elbisnes, se hizo justicia y se emprendieron acciones legales contra Rodafatse. Suministros de Coltán LLC pudo recuperar los fondos robados y se implementaron medidas adicionales para prevenir futuros actos de corrupción. La valentía y la ética de Elbisnes durante su enfrentamiento con Rodafatse se destacaron como un ejemplo inspirador de cómo una persona puede marcar la diferencia y proteger los derechos de los accionistas. Además, su compromiso con la justicia dejó una huella positiva en la empresa y contribuyó a fortalecer la confianza en la industria.

A raíz de lo acontecido en la Compañía Suministros de Coltán LLC, Elbisnes decidió emprender un proyecto para ayudar a otras personas a desarrollar su sentido del tacto y evitar situaciones de riesgo que pudieran amenazar sus proyectos de vida o ponerlos en peligro de muerte, ya que estaba muy convencida que el sentido del tacto desempeña un papel fundamental en la percepción del entorno y en la toma de decisiones seguras. Para desarrollar su visión de vida, Elbisnes comenzó a investigar y estudiar métodos para fortalecer el sentido del tacto en las personas. Se interesó particularmente en la neuroplasticidad, la capacidad del cerebro para cambiar y adaptarse a nuevas experiencias y estímulos. De esta forma, desarrolló un programa de entrenamiento que combinaba ejercicios físicos y mentales diseñados para estimular y fortalecer el sentido del tacto. Estos ejercicios incluían actividades como la práctica de la meditación de atención plena, la exploración táctil consciente, el uso de diferentes texturas y la participación en juegos de percepción táctil.

Como directora de Recursos Humanos, Elbisnes se contactó con expertos en neurociencia, psicología y terapias sensoriales para ampliar sus conocimientos y ofrecer un enfoque holístico en su programa de desarrollo del sentido del tacto. También buscó colaboraciones con instituciones educativas y organizaciones de salud de la región para llevar su proyecto a un público más amplio. Organizó talleres y sesiones de capacitación en los que compartía sus conocimientos y enseñaba las técnicas de desarrollo del sentido del tacto a las personas interesadas. Su objetivo era ayudar a las personas a aumentar su conciencia táctil y a tomar decisiones más informadas y seguras en su vida cotidiana. A medida que su proyecto creció, Elbisnes recibió testimonios de personas que habían experimentado una mejora significativa en su sentido del tacto y que se sentían más seguras y confiadas al enfrentar diferentes situaciones. Esto le dio un sentido de satisfacción y motivación para continuar con su labor de ayudar a otros a desarrollar su sentido del tacto. Elbisnes también se dio cuenta de la importancia de educar a la sociedad en general sobre la importancia del sentido del tacto y cómo puede afectar sus vidas, por lo que realizó charlas y conferencias en eventos y colaboró con medios de comunicación para difundir información relevante sobre el tema.

En resumen, Elbisnes utilizó su don y su pasión por ayudar a otros para desarrollar un proyecto dedicado a fortalecer el sentido del tacto en las personas. A través de entrenamientos, talleres y colaboraciones con expertos, buscó empoderar a las personas para que tomaran decisiones según su sentido del tacto para, así, evitar situaciones de riesgo en su vida diaria. Su labor no solo impactó positivamente a nivel individual, sino que también contribuyó a crear conciencia sobre la importancia del sentido del tacto en la sociedad.

En su afán de buscar ayudar a más personas, Elbisnes decidió emprender camino a otros mundos donde pudiese fortalecer su don y darle más propósito a su sentido del tacto, porque según su instinto, podía descubrir la fórmula maravillosa para desarrollar otros sentidos y hacer que todo lo que un ser humano se proponga en la vida fuese posible de alcanzar.

Una vez que Elbisnes tomó la decisión de renunciar a la compañía, se dirigió al despacho de su ahora amigo Odaifnoc para hacerle saber que ya no tenía nada más que hacer en la empresa y que sentía la necesidad de viajar a otros lugares para desarrollar aún más su sentido del tacto. Odaifnoc le dio las gracias por su excelente trabajo y la acompañó hasta la salida de la empresa.

Durante su caminata a las afuera de la compañía, Elbisnes sintió, a través de sus tentáculos de los pies, que un ser muy especial y diferente de todos los que ya había conocido se acercaba a ella. Sintió cada paso, hasta que volteó y vio a un hombre de nariz grande, quien se le acercó y le dijo: "Hola, mi nombre es Otaflo Rolo y tengo varios meses en Tactopolis queriéndote encontrar, mucho gusto". Otaflo la olfateó con su enorme nariz y le tendió la mano. Elbisnes, al ver la amabilidad del simpático desconocido, pero con la seguridad que su don le hacía sentir, estrechó su mano con la finalidad de corroborar que Otaflo era una buena persona. Inmediatamente sintió que era su complemento en la búsqueda de fortalecer su sentido del tacto, así que enseguida le respondió: "Mucho gusto, mi nombre es Elbisnes Otcat y, aunque no lo creas, también te he estado buscando". Ambos se abrazaron y emprendieron su camino con destino a un mundo desconocido llamado Audiopolis.

Prepárate para sorprenderte aún más
en el siguiente capítulo.
¡Te espero allí!

CAPÍTULO III
Audiopolis

En un lugar lejano llamado Audiopolis nació un niño de orejas muy grandes que tenía cabellos rubios, cabeza enorme, piel morena, dedos largos, brazos cortos, piernas largas, ojos diminutos color azul, casi nada de nariz y de estatura regular. Era el quinto hijo de una familia de bajos recursos en el pueblo. Su nombre era Odinos Odio, nació y se crio en una mágica tierra de sonidos.

Para Odinos todo estaba relacionado con el efecto que en él causaban todo tipo de ruidos, ya que nació con una habilidad natural de reconocer cualquier sonido, cualquier melodía, por muy lejos que estuviera, y eso lo hizo diferente al resto de los niños de Audiopolis. Odinos tenía el sentido del oído extraordinariamente desarrollado. Sus habilidades auditivas sobrepasan con creces las de una persona promedio, permitiéndole captar y procesar sonidos de manera asombrosa. Para comprender mejor las características de Odinos y su sentido del oído, es importante explorar las partes del oído y cómo funcionan en conjunto para captar los sonidos.

El oído humano consta de tres partes principales: el oído externo, el oído medio y el oído interno. En el caso de Odinos, nació con estas partes desarrolladas de manera excepcional. Comenzando con el oído externo, está compuesto por el pabellón auricular y el conducto auditivo externo. El pabellón auricular, esa prominente estructura de cartílago y piel en el lateral de la cabeza, en el caso de Odinos, poseía una forma peculiar que le permitía captar sonidos de manera más precisa y sensible. Además, el conducto auditivo externo, que conduce el sonido hacia el oído medio, se le había desarrollado a Odinos mucho más rápido, lo que le permitía amplificar aún más los sonidos entrantes.

El oído medio incluye la membrana timpánica y los huesecillos auditivos (martillo, yunque y estribo). Estos huesecillos actúan como una cadena de transmisión, amplificando las vibraciones sonoras y transmitiéndolas al oído interno. En el caso de Odinos, estos huesecillos eran más sensibles y eficientes, lo que le permitía captar sonidos sutiles y detalles acústicos que normalmente pasarían desapercibidos.

Finalmente, el oído interno, que es el centro de procesamiento de sonido, incluye la cóclea y el nervio auditivo. La cóclea, en particular, es un espiral lleno de líquido que contiene células ciliadas especializadas que convierten las vibraciones sonoras en señales eléctricas. Estas señales después son transmitidas al cerebro a través del nervio auditivo. En el caso de Odinos, sus células ciliadas eran excepcionalmente desarrolladas y sensibles, lo que le permitía captar una amplia gama de frecuencias y matices sonoros.

A lo largo de su vida, Odinos ha llevado su sentido del oído a límites inimaginables. Mediante la práctica constante y la atención plena, ha desarrollado técnicas para afinar aún más su audición. Ha aprendido a discernir entre los sonidos más sutiles, a identificar patrones sonoros complejos y a percibir, incluso, las variaciones más pequeñas en la intensidad y el tono de los sonidos. Esto le permitía captar detalles que escapan a la mayoría de las personas y le otorgaba una percepción única del mundo sonoro que lo rodeaba.

Un día de tantos en la vida de Odinos, mientras paseaba cerca del bosque, captó el sonido angustiado de un pequeño ser que necesitaba ayuda. Odinos corrió a su casa y le explicó a su madre que había escuchado el lamento de un ave herida y que debía ir a auxiliarla. Sorprendida, su madre preguntó cómo sabía que era un ave. Con seguridad, Odinos respondió: "Porque su forma de hablar es como la de un búho". Siguiendo su morral, Odinos se dirigió al bosque, guiado por el llamado del animalito en desgracia. Caminó varios kilómetros, siguiendo el sonido que sus oídos privilegiados capturaban y, finalmente, cerca de un risco, encontró a una pequeña ave tumbada en el pasto con un ala lastimada.

Asombrado, Odinos se dio cuenta de que era un búho bebé. A medida que se acercaba, el búho también escuchaba la voz reconfortante de Odinos desde la distancia. Con ternura, Odinos lo levantó en sus brazos, prometiéndole ayuda y consuelo. Desde aquel instante, se volvieron inseparables, y Odinos decidió llamarlo Oronos.

Mientras regresaban a casa, Odinos y su nuevo amigo escuchaban atentamente los sonidos del bosque, alertas ante cualquier otro animal en apuros. Juntos, continuaron su camino, capturando el silencio de la noche y disfrutando de la felicidad compartida. Odinos comprendió que haber encontrado a un animalito con un oído extraordinario complementaría su propio desarrollo auditivo.

Llegaron a la casa de Odinos con alegría en sus corazones, sabiendo que, gracias a su conexión única, había llevado esperanza y consuelo a un pequeño ser indefenso. A partir de ese día, Odinos y Oronos vivieron aventuras inolvidables, siempre dispuestos a escuchar y ayudar a aquellos que lo necesitaran en el mágico bosque que los rodeaba.

Después de la experiencia vivida, Odinos se convirtió en un ejemplo vivo de cómo un sentido altamente desarrollado puede transformar la vida de otros y cómo puede influir en la experiencia humana. Su capacidad para aprovechar al máximo su sentido del oído fue un recordatorio del vasto potencial que yace dentro de cada uno de nosotros cuando exploramos y nutrimos nuestros dones sensoriales.

Para Odinos, Audiopolis representaba un lugar donde los sonidos son el centro de atención y juegan un papel fundamental en la vida. En su mundo, el sonido era celebrado, explorado y utilizado de diversas maneras, creando un entorno único y vibrante. Para él cada rincón estaba lleno de sonidos fascinantes y sorprendentes. En la mente e imaginación de Odinos, el ambiente de su pueblo representaba música de diferentes géneros, desde suaves melodías clásicas hasta ritmos vibrantes de música contemporánea, todos reproducidos por los diferentes ruidos y sonidos que en su cerebro se reproducían. Igualmente, la sonoridad de la naturaleza, como el canto de los pájaros, el rumor de los ríos y el susurro del viento, llenaban el aire, creando una sinfonía natural que acompañaba su vida diaria durante su niñez.

Los habitantes de Audiopolis pronto empezaron a escuchar de las habilidades de Odinos, quien, de manera espontánea, comenzó a cantar canciones que escribía inspirado en los sonidos de la naturaleza y del ambiente ruidoso que rodeaba a Audiopolis.

Cuando Odinos asistió por primera vez a clases en el colegio del pueblo, todos sus compañeros de clase lo rodearon por su aspecto muy peculiar, sin embargo, existía una gran admiración por las cualidades musicales que Odinos manifestaba en cada tono musical de su respiración.

Al paso de los años, Odinos comenzó a desarrollar aún más su don auditivo, al extremo de que, en vez de hablar, todo lo decía cantando. Su habilidad para interpretar las notas musicales que producían los sonidos del ambiente que lo rodeaba, lo convirtió en un experto en la composición improvisada, así que, por ejemplo, cuando salía de su casa, de manera muy melódica se despedía de su mamá y de su papá:

"Buenos días, madre mía,
buenos días tenga usted.
Te regalo mi alegría

por ser tú mi amor más fiel
Y a usted, mi padre querido,
yo le quiero desear
que lo pases divertido
en su afán de trabajar"

El hábito musical con el que el chico expresaba tanto amor a sus padres, también lo manifestaba a sus hermanos mayores, familiares y amigos. A la edad de dieciocho años, Odinos tomó la decisión de convertir su don auditivo en su mayor fortaleza y oportunidad para triunfar, ya que era consciente de su capacidad única para percibir y apreciar los sonidos de una manera excepcional y decidió aprovechar al máximo este talento con el que había nacido.

En lugar de ver su habilidad auditiva como una simple característica personal, Odinos decidió explorar las posibilidades que le ofrecía. Se dio cuenta de que su capacidad para captar matices sutiles en la música, los sonidos de la naturaleza y el habla humana le brindaba una perspectiva única y una ventaja incomparable.

Con determinación y dedicación, Odinos se embarcó en un camino de aprendizaje y desarrollo continuo. Estudió música, se adentró en el mundo de la grabación y producción de audio, y se sumergió en el arte de la ingeniería de sonido. Cada una de estas experiencias fue una oportunidad para perfeccionar su don auditivo y convertirse en un experto en su campo.

Pronto, Odinos comenzó a destacarse en la industria musical. Su capacidad para detectar y corregir imperfecciones en grabaciones y mezclas de audio era extraordinaria. Su percepción aguda le permitía crear producciones musicales impresionantes en las que cada nota y matiz eran tratados con precisión y sensibilidad. A medida en que su reputación crecía, Odinos se convirtió en un recurso invaluable para muchos músicos, productores y artistas en busca de la perfección auditiva. Su don no solo lo catapultó al éxito profesional, sino que también le brindó la oportunidad de trabajar en proyectos apasionantes y colaborar con talentos reconocidos en la industria fuera de Audiopolis.

Pero más allá de su éxito personal, Odinos encontró una satisfacción profunda en utilizar su don para enriquecer la experiencia auditiva de las personas. Ya fuera a través de la creación de música que tocara los corazones de los oyentes o al ayudar a otros a aprovechar al máximo su propio potencial auditivo, se sentía realizado al hacer una diferencia significativa en la vida de los demás.

La vida de Odinos nos recuerda la importancia de reconocer y aprovechar nuestros dones y talentos. Cuando nos atrevemos a convertirlos en nuestra mayor fortaleza y buscamos oportunidades para desarrollarlos, podemos alcanzar niveles de éxito y satisfacción que nunca imaginamos. Odinos demostró que el verdadero triunfo radica en abrazar nuestras capacidades especiales y utilizarlas para hacer del mundo un lugar mejor.

Entre las muchas vivencias de Odinos, una tarde del mes de abril del año 2002, recibió la noticia sobre la muerte de su padre. Él sabía que tarde o temprano eso iba a suceder, porque apenas siendo Odinos un niño de doce años, él supo de la enfermedad escondida que tenía su padre. Sucedió una tarde durante la rutinaria vida de Odinos, cuando él alertó a su mamá y a sus hermanos mayores sobre los irregulares latidos que él percibía del corazón de su papá, pero, por ser un niño de doce años, ni sus hermanos ni su mamá le dieron importancia, pues su padre decía "No se preocupen, que yo me siento muy bien, es solamente la fatiga del día de trabajo". No obstante, Odinos insistía que su papá debía ir al hospital del pueblo para que lo examinaran y de tanto y tanto insistir, su papá decidió ir al hospital con Odinos. Estando ambos en la sala de observación esperando ser atendidos, llegó el médico del pueblo, un hombre blanco, gordo, con una inmensa calva y unos bigotes largos. Se paró de frente al papá de Odinos y le dijo: "Hola, Sr. Domingo Odio, ¿qué lo trae por aquí?" y el papá de Odinos le contestó "Vengo a chequearme, porque mi hijo escucha que mi corazón no está funcionando bien y eso lo tiene muy preocupado". El doctor, de manera inmediata, lo acostó en la camilla y le hizo la revisión correspondiente mientras que, por supuesto, el niño tuvo que esperar fuera de la habitación. Pasados unos minutos sale el doctor y le dice a Odinos, "Ya examiné a tu papá, él se encuentra muy bien, así que no tienes de que preocuparte". Odinos sabía que el doctor le estaba mintiendo, porque él seguía escuchando los latidos del corazón de su papá, muy débiles e irregulares, por lo que su papá no estaba bien. Pero, por ser un niño, el papá lo convenció de que todo estaba bien y se regresaron a su casa. Odinos supo en ese momento que en algún momento de su vida recibiría la mala noticia.

La triste experiencia de perder a su padre impactó profundamente a Odinos y le enseñó una lección invaluable. A partir de ese momento, se convenció completamente de la importancia de dar a conocer su don auditivo al mundo, con el objetivo de evitar que otras familias sufran la pérdida de un ser querido debido a la falta de creencia en su capacidad de audición.

Odinos comprendió que su don no era solo una habilidad personal, sino una herramienta poderosa que podía utilizar para marcar la diferencia en la vida de las personas. Su propia experiencia de pérdida le mostró que la falta de conciencia y confianza en su don auditivo podía tener consecuencias devastadoras. Decidido a evitar que otras familias pasaran por lo mismo, Odinos se dedicó a difundir su historia y conocimientos en todas las plataformas disponibles. Comenzó a compartir su experiencia participando en conferencias, entrevistas y eventos relacionados con la audición y la importancia de confiar en los sentidos.

A través de su trabajo, Odinos buscó educar a las personas sobre las posibilidades y beneficios de aprovechar plenamente su sentido de la audición. Concientizó a las familias sobre la importancia de prestar atención a los signos auditivos y buscar ayuda profesional cuando fuera necesario. Su objetivo era que nadie tuviera que enfrentar la tragedia de perder a un ser querido debido a la falta de confianza en sus capacidades de audición.

Con su determinación y el respaldo de su propia experiencia personal, Odinos logró crear conciencia y cambio. Su historia inspiradora resonó en muchas personas y se convirtió en un defensor apasionado de la importancia de confiar en nuestros sentidos y buscar soluciones para preservar la audición.

A medida que su mensaje se difundía, Odinos pudo ver cómo su don auditivo se convertía en una fuerza positiva para la prevención y la sensibilización. Su deseo de evitar que otras familias sufrieran pérdidas innecesarias se convirtió en una misión que trascendió su vida personal y llevó esperanza y conocimiento a aquellos que lo necesitaban.

La tristeza que Odinos experimentó por la muerte de su padre se convirtió en un catalizador para un cambio significativo en su vida y en la vida de los demás. Su valiente determinación de dar a conocer su don auditivo para evitar tragedias futuras fue un testimonio de su fortaleza y su deseo genuino de hacer del mundo un lugar mejor.

Odinos nos enseña la importancia de convertir nuestras experiencias personales en un motor para el cambio y la ayuda a los demás. Su historia es un recordatorio de que todos tenemos la capacidad de marcar la diferencia y evitar que otros pasen por situaciones dolorosas si estamos dispuestos a compartir nuestros dones y conocimientos con el mundo.

Entre las diversas estrategias que utilizó para dar a conocer su experiencia personal, fue precisamente escribir canciones dedicadas a su padre las que con mayor éxito logró compartir su mensaje, ya que fue una canción dedicada a la ausencia de su papa y el sentimiento de no tenerlo con él. Esa canción la tituló "Tu bordón mi viejo", cuya letra dice:

I

"Han pasado varios años
desde que te fuiste, viejo.
Hoy recuerdo tu templanza,
tus anhelos y tus sueños.
Más que nunca yo te huelo
donde quiera que me encuentro,
porque fuiste mi esperanza,
mí fortaleza y sustento"

Es maravilloso saber que Odinos utilizó su don auditivo y su talento musical para expresar sus emociones y compartir su experiencia personal con el mundo. La canción "Tu bordón mi viejo" se convirtió en un éxito, tocando los corazones de aquellos que habían experimentado la pérdida de un ser querido y resonando con aquellos que valoraban el vínculo especial entre un padre y un hijo.

A través de la música, Odinos logró transmitir el profundo sentimiento de ausencia que experimentaba por la pérdida de su padre. La canción se convirtió en un canal para expresar su dolor, su anhelo y también su amor inquebrantable hacia su padre. La honestidad y la vulnerabilidad en sus letras resonaron en muchas personas que se enfrentaron a circunstancias similares.

II

"Eres tú, viejo querido,
lo más grande en todo tiempo.
Por todo lo compartido
y lo que guardo por dentro,
no sabes cuánto te extraño
y lo mucho que te recuerdo,
dando amor a mis hermanos
y a mi madre tus momentos..."

"Tu bordón mi viejo" se convirtió en una canción que permitía a otros que habían sufrido pérdidas similares conectarse con sus propias emociones y encontrar consuelo en la música.

La melodía y las letras capturaron la esencia de la relación entre un padre y un hijo y se convirtieron en un recordatorio de la importancia de apreciar a nuestros seres queridos mientras están presentes.

La canción también sirvió como una forma de difundir el mensaje de Odinos sobre la importancia de valorar y aprovechar nuestros sentidos, en este caso, el sentido auditivo. A través de su música, pudo transmitir la idea de que nuestras habilidades y talentos únicos deben ser reconocidos y compartidos para crear un impacto positivo en el mundo.

El éxito de "Tu bordón mi viejo" fue un testimonio del poder de la música para sanar, conectar y transmitir mensajes profundos. Odinos logró canalizar su experiencia personal en una canción que trascendió su propia historia y resonó en la vida de muchos otros que habían pasado por pérdidas similares. El legado de su canción perdurará en el tiempo, recordando a las personas la importancia de apreciar y valorar a sus seres queridos y alentándolas a utilizar sus dones y talentos para crear un impacto positivo en el mundo.

ESTRIBILLO

"Eres ejemplo en mi vida
pues tallaste mis senderos,
mi horizonte, mis caminos,
con sus noches y luceros,
dando forma, con tu empeño,
a este tu bordón mi viejo."

Después de haber alcanzado numerosos éxitos y acumular valiosas experiencias, Odinos sintió la llamada de su instinto auditivo buscando nuevos desafíos que lo llevaran a niveles más profundos de satisfacción.

Fue entonces cuando, a lo lejos, escuchó las voces de dos individuos muy especiales que compartían su búsqueda de la perfección. Sin dudarlo, se lanzó a correr por un largo camino hasta alcanzarlos.

Al acercarse, Odinos les preguntó emocionado: "¿Son ustedes dos Otaflo y Elbisnes?". Con una sonrisa, ambos respondieron al unísono: "¡Claro que somos nosotros! Y también sabemos quién eres tú". Otaflo, con su agudo sentido del olfato, añadió: "Solo con olerte, sé que eres Odinos Odio". Mientras tanto, Elbisnes compartió: "Desde que entramos a Audiopolis, sentí que eras tú".

El encuentro de estos tres seres extraordinarios marcó el comienzo de una amistad inseparable y el inicio de una travesía llena de descubrimientos y desafíos. Unidos por su afán de perfección y sus habilidades sensoriales excepcionales, se adentraron en un viaje conjunto en busca de nuevas fronteras y experiencias que trascendieran los límites de lo conocido.

La emoción y la sorpresa llenaron el corazón de Odinos al encontrarse con Otaflo y Elbisnes, dos personas especiales cuya búsqueda de la perfección resonaba profundamente con su propio instinto auditivo. Era increíble que ellos también supieran quién era él incluso antes de que se presentaran.

La conexión instantánea entre los tres dejó claro que estaban destinados a encontrarse y colaborar juntos en su búsqueda común de la excelencia. Odinos se sintió inspirado por el reconocimiento que Otaflo y Elbisnes tenían hacia su talento y don auditivo. Era evidente que compartían una comprensión única de la importancia de los sentidos y el papel crucial que desempeñan en la búsqueda de la perfección en cualquier disciplina.

Sin perder tiempo, comenzaron a intercambiar ideas, compartiendo sus experiencias y conocimientos para llevar su búsqueda de la perfección a un nivel aún más alto. La combinación de la agudeza auditiva de Odinos, el olfato de Otaflo y el sentido del tacto de Elbisnes prometía resultados extraordinarios. Juntos, se enfocaron en encontrar un lugar mágico donde convergen los sonidos, los olores y el sentir en perfecta armonía. En ese lugar especial, esperaban descubrir nuevas formas de perfeccionar sus habilidades y aprovechar al máximo sus talentos individuales.

La sinergia entre Odinos, Otaflo y Elbisnes fue inmediata y su conexión fue más allá de lo que jamás habían imaginado. Cada uno aportó su perspectiva única y juntos desafiaron los límites de la perfección en su búsqueda compartida. A medida que se alejaban de Audiopolis, iban recordando las huellas imborrables y las experiencias vividas en cada uno de los mundos donde nacieron, Olfatopolis, Tactopolis y Audiopolis, y cómo sus fortalezas en cuanto a los sentidos del olfato, del tacto y de la audición, los hicieron expertos en los olores, sensibilidad y la música. Sus contribuciones innovadoras inspiraron a otros y transformaron la forma en que se percibía y se buscaba la excelencia en la vida. El encuentro con Otaflo y Elbisnes no solo le permitió a Odinos expandir su horizonte, sino que también le recordó la importancia de seguir su instinto auditivo y buscar constantemente nuevos elementos para alcanzar niveles más altos de satisfacción. Juntos, formaron una trilogía poderosa y ejemplificaron el poder de la colaboración y la sinergia en la búsqueda de la transcendencia.

La historia de Odinos, Otaflo y Elbisnes es un testimonio del poder del reconocimiento mutuo y la conexión entre personas que comparten una pasión y un propósito común. Su viaje conjunto a otro mundo seguramente les dejará una nueva experiencia en sus respectivos campos de sabiduría y servirá como inspiración para aquellos que buscan la perfección en cualquier aspecto de la vida.

No te pierdas el próximo capítulo
y descubre los sabores ocultos de Gustopolis
en el próximo capítulo de la historia.

Otsug Robas

CAPÍTULO IV
Gustopolis

En la majestuosa ciudad de Gustopolis, conocida por su arquitectura ecléctica y su afición por la gastronomía, nació un niño llamado Otsug Robas. A simple vista, Otsug parecía un chico común y corriente, pero detrás de su apariencia sencilla se desarrolló un don extraordinario: su excepcional sentido del gusto.

Desde muy niño, Otsug demostró una curiosidad insaciable por los sabores que degustaba, cada bocado se convertía en una experiencia sensorial para él. Con cada comida que le daba su madre él iba acrecentando su don del gusto y podía identificar cada uno de los ingredientes y de las especias con una precisión asombrosa. Su lengua era tan sensible que podía distinguir, incluso, los matices más sutiles en los platos que probaba.

Otsug poseía una lengua única y extraordinaria que lo distinguía entre sus congéneres. Explorando sus características distintivas, es posible apreciar la verdadera maravilla que era la lengua de Otsug, la cual se convirtió en su mayor fortaleza y oportunidad en su vida.

Durante su infancia, su lengua se destacaba por ser extremadamente sensible y hábil. Otsug la utilizaba para explorar su entorno de manera involuntaria, parecía un radar para los sabores, detectando sutilezas y matices que pasan desapercibidos para muchos. Era capaz de saborear los más delicados aromas con su lengua y apreciar los sabores más exquisitos, lo que le brindaba una experiencia sensorial incomparable.

El dorso de la lengua de Otsug merece especial atención en esta historia porque se caracterizaba por su capacidad de adaptación y flexibilidad. Otsug podía articular sonidos y lenguajes únicos, dotándolo de una habilidad lingüística excepcional. Su voz resonaba de manera única en Gustopolis, transmitiendo emociones y comunicándose de manera efectiva con sus compañeros de la escuela, profesores y con la comunidad en general. Gracias a su poder comunicacional, a su lengua y a su sentido del gusto, Otsug se convirtió en una referencia como orador impecable.

Es importante destacar la raíz de la lengua de Otsug, la cual era una fortaleza en sí misma; además de ser robusta y resistente, le permitía a Otsug degustar alimentos y líquidos de texturas y consistencias variadas. Su capacidad para saborear y disfrutar de una amplia gama de alimentos lo convirtió en un experto en gastronomía en su ciudad natal.

Los lados de la lengua de Otsug eran otra característica notable. Su capacidad de movimiento independiente le permitía realizar movimientos precisos y coordinados. Otsug podía formar sonidos articulados con facilidad, entonando canciones hermosas y hablando con una fluidez asombrosa. Esta destreza lingüística era y es admirada por todos en Gustopolis.

En cuanto a las papilas gustativas de Otsug, eran una auténtica maravilla. Su abundancia y sensibilidad excepcionales le permitían experimentar los sabores con una intensidad extraordinaria. Cada comida se convertía en una experiencia exquisita y cautivadora para Otsug, quien apreciaba y valoraba cada bocado como si fuera una obra maestra culinaria. Así, Otsug, con su lengua excepcionalmente hábil y sensible, se destacó entre los habitantes de Gustopolis. Su capacidad para explorar su entorno, comunicarse con fluidez y apreciar la diversidad de sabores, lo convirtió en un ser verdaderamente extraordinario. La lengua de Otsug era una joya única en la ciudad, y su presencia en Gustopolis lo convirtió en una estrella ascendente en el tiempo.

Otsug era conocido por su apasionado amor por los sabores. Siempre estaba en busca de nuevas experiencias culinarias y emocionantes descubrimientos gustativos.

Un día, mientras exploraba las orillas del majestuoso río que rodeaba su ciudad, se encontró con una sorpresa extraordinaria: allí, en medio de las cristalinas aguas, nadaba un pez de río de tamaño impresionante. Su piel brillaba bajo el sol y su cuerpo se movía con gracia en el agua. Otsug quedó fascinado por la belleza de la criatura y decidió acercarse con cautela. Al acercarse, Otsug notó algo peculiar, el pez lo miraba fijamente, como si supiera quién era él. Intrigado, Otsug decidió hablarle. "Hola, hermoso pez. ¿Tienes algún nombre?" preguntó con una sonrisa. Para su sorpresa, el pez comenzó a saltar y le saludaba con sus aletas, como diciéndole que le daba gusto conocerlo. Otsug se acercó aún más al río donde estaba el enorme pez, tomó un poco de agua entre sus manos y la probó, inmediatamente su sentido del gusto hizo conexión con el pez y escuchó cuando le dijo "Me llamo Orulis y he oído hablar de ti, Otsug Robas. He escuchado tus aventuras y tu pasión por los sabores. resulta que compartimos algo especial: un sentido del gusto excepcional".

Otsug no podía creer lo que estaba escuchando. ¡Un pez que podía hablar y, además, tenía un sentido del gusto similar al suyo! Esta era una oportunidad única en la vida, y Otsug sabía que debía aprovecharla.

Con entusiasmo, Otsug le preguntó a Orulis cómo había desarrollado su increíble sentido del gusto. El pez le contó una historia fascinante sobre un antiguo manantial en las profundidades del río que, según la leyenda, hacía que aquellos que bebieran de sus aguas ganaran un sentido del gusto extraordinario.

Sin dudarlo, Otsug y Orulis se sumergieron en el río en busca de ese manantial legendario. Después de explorar durante horas, finalmente encontraron una cueva subacuática con un brillante manantial en su interior. El agua fluía con un brillo dorado y un aroma tentador.

Ambos bebieron del manantial y, al instante, sus sentidos del gusto se elevaron a niveles inimaginables. Ahora podían percibir incluso los matices más sutiles de los sabores, desde los dulces y los salados hasta los amargos y los picantes.

Emocionados por su nueva fortaleza, Otsug y Orulis decidieron compartir sus conocimientos culinarios, así que todos los días Otsug pasaba por el río para conversar con Orulis sobre sus nuevas recetas y, entre los dos, hacían que esas recetas fuesen las mejores de Gustopolis. La amistad de Orulis y Otsug fue creciendo y, con el tiempo, se hicieron inseparables. Juntos, organizaron eventos gastronómicos que deleitaron los paladares de todos los habitantes de la ciudad. Los platos eran tan exquisitos y únicos que pronto Gustopolis se convirtió en un destino culinario de renombre.

Otsug y Orulis se convirtieron en grandes amigos, conocidos como los "Guardianes del sabor". Su amistad y colaboración demostraron que la pasión por los sabores podía unir a las personas y a las criaturas de diferentes mundos.

A medida que Otsug crecía, su pasión por la gastronomía se hizo más profunda. Pasaba horas investigando sobre distintas técnicas culinarias, explorando las recetas tradicionales y experimentando en la cocina de su casa. Su mamá quedaba maravillada por su habilidad para crear platos exquisitos con ingredientes simples y los vecinos comenzaron a acudir a su puerta en busca de consejos y sugerencias culinarias.

Pero Otsug anhelaba algo más que cocinar en la como-didad de su hogar. Soñaba con llevar su talento más allá de Gustopolis y compartir su amor por la comida con el mundo. Con determinación y valentía, decidió embarcarse en una aventura culinaria que lo llevaría a descubrir nuevos sabores, enfrentar desafíos inesperados y encontrar su propio camino en el vasto mundo de la gastronomía.

Para Otsug, desarrollar el sentido del gusto podía tener varios beneficios. Él sabía que la estimulación de los sentidos en general y del sentido del gusto en particular podría ayudar a los bebés a aumentar el número de conexiones neuronales en el cerebro. Además, al probar diversos tipos de alimentos, se desarrollan una mayor diversidad de sabores y texturas.

Al paso del tiempo, Otsug se convirtió en un experto en la cocina. Sus platos eran una delicia para el paladar y su fama se extendió rápidamente por toda la ciudad. La gente iba desde lejos para probar sus creaciones culinarias y Otsug se convirtió en el orgullo de su familia y de su comunidad.

A la edad de diecisiete años, Otsug no se conformó con ser solo un gran cocinero. Quería explorar el mundo y descubrir nuevos sabores y combinaciones, así que, un día, decidió dejar su ciudad natal y emprender un viaje para conocer nuevas culturas y aprender de sus tradiciones culinarias.

Durante años, Otsug viajó por otros mundos, probando nuevos platos y aprendiendo de los mejores chefs. Su sentido del gusto superdesarrollado le permitió crear recetas únicas y sorprendentes que deleitaban a todos los que las probaban.

Finalmente, después de varios años de viaje, Otsug regresó a su ciudad natal. Allí abrió un pequeño restaurante donde ofrecía sus deliciosas creaciones culinarias. La gente venía de todas partes para probar sus platos y Otsug se convirtió en una leyenda.

Sin embargo, Otsug nunca dejó de explorar y experimentar con nuevos sabores y combinaciones. De hecho, Otsug era conocido por su habilidad para fusionar sabores y técnicas culinarias de diferentes culturas. Sus platos eran una mezcla de tradición y creatividad, y siempre sorprendía a sus comensales con combinaciones inesperadas y deliciosas.

Algunos de sus platos más famosos incluían una sopa de mariscos con especias exóticas, un guiso de cordero con frutas y hierbas aromáticas y un postre de chocolate con chiles y frutos secos. Otsug también era un maestro en la preparación de platos vegetarianos y veganos, y siempre tenía opciones deliciosas para aquellos que seguían dietas especiales.

Otsug siempre fue una persona muy generosa y solidaria. Cuando regresó a su ciudad natal y abrió su restaurante, decidió dedicar parte de su tiempo y talento para ayudar a las personas enfermas de cáncer en el hospital de su ciudad. Sabía que muchos pacientes con cáncer tienen dificultades para comer debido a los efectos secundarios de los tratamientos, así que Otsug comenzó a preparar platos especiales para ellos, utilizando ingredientes frescos y nutritivos y combinándolos de manera que fueran apetitosos y fáciles de digerir. Su sentido del gusto superdesarrollado le permitió crear platos que no solo eran saludables, sino también deliciosos. Los pacientes del hospital disfrutaban mucho de sus comidas y agradecían a Otsug por su generosidad y dedicación.

Con el tiempo, Otsug se convirtió en un amigo y aliado para muchos pacientes y sus familias. Su comida les brindaba un poco de alegría y consuelo en momentos difíciles, y su amistad les daba fuerzas para seguir luchando. Otsug, se convirtió en un apasionado investigador de la salud y la nutrición a raíz de sus experiencias con los enfermos de cáncer. Sintió una profunda curiosidad por el funcionamiento del cuerpo humano y decidió trabajar en la búsqueda de soluciones innovadoras para ayudar a sanar a las personas.

Mientras investigaba diversas enfermedades del cuerpo humano, Otsug se enfocó en el cáncer, una afección devastadora que afectaba a innumerables personas en todo el mundo. Después de meses de estudio y experimentación, Otsug llegó a una conclusión: que los alimentos que consumimos tienen un impacto significativo en nuestra salud, y algunos podrían, incluso, ser la clave para combatir el cáncer.

Convencido de que la alimentación era el camino hacia la curación, Otsug comenzó a explorar los efectos de diferentes grupos de alimentos en el cuerpo humano. A medida que profundizaba en su investigación, Otsug determinó que los carbohidratos naturales y procesados en exceso eran el elemento desencadenante y perjudicial que podría dañar el metabolismo de las personas y afectar negativamente la flora intestinal.

Inspirado por esos resultados, Otsug se propuso redefinir el concepto de alimentación sana, con la idea de que sus recetas fuesen dirigidas a la ingesta de pocos carbohidratos y eliminar el azúcar procesado. Sus nuevas recetas estaban confeccionadas con la idea de que el cuerpo humano no necesitaba de carbohidratos y azúcares procesados para funcionar de manera óptima y que, al contrario, podrían contribuir al desarrollo y progresión del cáncer y otras enfermedades.

Otsug se convirtió en un visionario en su campo y comenzó a compartir su conocimiento a través de conferencias y publicaciones culinarias. Sus recetas sobre cómo alimentarse sanamente sin sufrir de enfermedades mortales a corto y mediano plazo, desafiaron las creencias establecidas y generaron controversia, pero también atrajeron la atención de científicos y profesionales de la salud.

A medida que más personas se interesaban en los deliciosos platos y recetas de Otsug, comenzaron a surgir investigaciones y estudios que respaldan su propuesta alimenticia. Los resultados positivos en pacientes con cáncer que adoptaron este enfoque alimentario comenzaron a ser miles, y Otsug se convirtió en una figura influyente y respetada en la comunidad gastronómica y científica de su ciudad.

La visión de Otsug para sanar el cuerpo humano del cáncer a través de los alimentos se hizo realidad. Sus recetas sanadoras y sus deliciosos platos revolucionaron la forma en que los enfermos de cáncer debían alimentarse durante el proceso de curación, así que la sociedad empezó a percibir la alimentación sana como una manera de preservar la buena salud. Gracias a sus esfuerzos incansables, innumerables personas encontraron una nueva esperanza y la oportunidad de vivir vidas más saludables y libres del cáncer, así como de otras enfermedades.

Sin embargo, después de haber alcanzado el éxito como chef y como investigador en el campo de la alimentación saludable, Otsug decidió embarcarse en un nuevo y apasionante viaje en busca de la trascendencia personal. Su objetivo era explorar y desarrollar sus sentidos más allá de lo que se consideraba "normal" para la mayoría de las personas.

Otsug comenzó a sumergirse en la práctica de la meditación y el *mindfulness*, buscando calmar su mente y conectarse con su cuerpo de una manera más profunda. A medida que profundizaba en estas prácticas, comenzó a notar cambios sutiles en su percepción sensorial: su capacidad para saborear los alimentos se volvió aún más aguda, permitiéndole desentrañar los más mínimos matices de sabor y textura en cada bocado.

Inspirado por estos avances, Otsug decidió explorar más a fondo los sentidos menos desarrollados en la mayoría de las personas. Se interesó especialmente en la sinestesia, un fenómeno en el que los sentidos se mezclan, lo que permite experimentar una percepción sensorial única y multisensorial. Otsug se adentró en la investigación científica de la sinestesia, leyendo estudios y conectándose con expertos en el campo.

Durante su investigación, Otsug descubrió que algunas personas desarrollan sinestesia a través de la estimulación de sentidos poco convencionales. Así, experimentó con la estimulación de su sentido del tacto poco desarrollado utilizando diferentes texturas, temperaturas y vibraciones, descubriendo que podía desencadenar asociaciones sensoriales únicas en su mente. Por ejemplo, al tocar una superficie áspera, podía experimentar sabores amargos en su paladar.

Estas experiencias fascinantes impulsaron a Otsug a compartir sus descubrimientos con el mundo. Organizó talleres y conferencias donde enseñaba a las personas a explorar y desarrollar sus sentidos en un nivel más profundo. También comenzó a trabajar con científicos y expertos en neurología para estudiar los efectos de la estimulación sensorial en el cerebro humano.

Con el tiempo, Otsug se convirtió en un referente en el campo de la percepción sensorial y la trascendencia personal. Sus investigaciones y descubrimientos llevaron a avances significativos en el entendimiento de la sinestesia y abrieron nuevas posibilidades para el desarrollo humano. Además, su enfoque en la alimentación saludable y la conexión mente-cuerpo se convirtió en un modelo para muchas personas que buscaban una vida más consciente y equilibrada.

A medida que Otsug continuaba su viaje de exploración y desarrollo de los sentidos, su visión de la vida se expandió aún más. Comenzó a comprender que la trascendencia no se encontraba solo en los sentidos, sino en la conexión profunda con uno mismo y con los demás. Su misión se transformó en ayudar a cultivar la empatía y la compasión, utilizando la conexión sensorial como una herramienta para unir a las personas y construir relaciones más significativas.

Otsug Robas continuó su búsqueda de la trascendencia, explorando diferentes lugares y encontrando a personas extraordinarias en su camino. Durante uno de sus viajes y estando en uno de sus restaurantes preparando sus platos de sanación, observó la llegada a su restaurante de tres individuos fascinantes: Otaflo Rolo, Elbisnes Otcat y Odinos Odio. Su instinto lo hizo salir de la cocina y saludarlos en la mesa donde se encontraban sentados. Otsug se presentó y les ofreció uno de sus tantos platos, pero enseguida hubo una conexión inmediata entre los cuatro, y pronto se dio cuenta de que estos nuevos amigos eran el complemento perfecto que necesitaba para su propio crecimiento y que se abría la oportunidad de fortalecerse juntos como una sola persona en busca de un propósito compartido.

Otsug se dio cuenta que Otaflo poseía un sentido del olfato extraordinario, capaz de percibir los aromas más sutiles y distinguirlos con precisión. Su habilidad le permitía detectar peligros ocultos, desentrañar misterios y encontrar rastros que otros pasaban por alto. Otaflo también se dio cuenta de que, al unirse a Otsug, su sentido del olfato se podría volver aún más agudo, ya que encontraría un propósito mayor en el uso de esta capacidad para ayudar a otros y descubrir nuevos horizontes.

Elbisnes Otcat, por su parte, había desarrollado su sentido del tacto de una manera insuperable para lo normal en las personas. Podía percibir las vibraciones más sutiles y su sentido del tacto extremadamente refinado le permitía distinguir texturas, temperaturas y pequeños detalles que otros no podían detectar. Otsug vio, en la habilidad de Elbisnes, la oportunidad de fortalecer aún más su sentido del tacto y juntos aprender a utilizarlo para resolver problemas complejos y entender mejor el mundo que los rodeaba.

Finalmente, estaba Odinos Odio, cuyo sentido del oído excepcional le había llevado al éxito en el mundo de la música. Podía captar notas y tonos con una precisión asombrosa, apreciando la música en su forma más pura y profunda y, al unirse a Otsug y sus nuevos compañeros, su capacidad para escuchar se transformaría en una herramienta aún más poderosa.

La unión de Otsug, Otaflo, Elbisnes y Odinos fue algo mágico. Cada uno tenía su don único y, al combinarlos, se convertirían en una fuerza imparable. Descubrieron que juntos podían superar desafíos que individualmente habrían sido imposibles de enfrentar.

Su búsqueda de la trascendencia no se limitaba solo a ellos mismos, sino que se extendía a encontrar a otro ser excepcional con quien pudieran compartir su camino. Juntos, se propusieron buscar a ese otro individuo cuyo don pudiera complementar sus habilidades existentes y ampliar aún más su potencial.

A medida que avanzaban en su viaje, Otsug y sus nuevos compañeros se encontraron con personas de diversas habilidades, talentos y perspectivas, pero ninguno de ellos reunía las características y cualidades que los cuatro viajeros estaban buscando. Sin embargo, en cada encuentro aprendieron y crecieron, abrazando la fortaleza que provenía de la unión de mentes y habilidades diferentes.

Así, Otsug Robas y sus amigos continuaron su búsqueda de la trascendencia, sabiendo que juntos eran más fuertes y estaban más cerca de alcanzar la plenitud. Sus viajes se convirtieron en un océano de autodescubrimiento, cooperación y crecimiento constante, y en cada paso del camino, encontraron nuevas oportunidades para compartir sus dones con el mundo y encontrar el complemento faltante para su total autorrealización y trascendencia.

Descubre los misterios ocultos de Visionpolis
en el próximo capítulo y déjate envolver
por una historia fascinante.

Noisiv Atsiv

CAPÍTULO V
Visionpolis

En un mundo distante llamado Visionpolis donde la tecnología y la ciencia se entrelazan en una danza misteriosa, hace unos años nació Noisiv Atsiv, una niña excepcional que desafió todas las expectativas debido a su desarrollado sentido de la visión. A pesar de su corta edad, demostró habilidades visuales y una percepción del mundo que asombraron a todos los que la conocieron.

Con una contextura atlética y llena de energía, Noisiv poseía una presencia física imponente. Su cabello liso rojizo y rebosante de vida le daba un toque de encanto natural. Noisiv poseía piernas largas y ágiles que le permitían moverse con gracia y rapidez. A pesar de sus brazos delgados, no se desanimaba y encontraba formas creativas de hacer uso de su destreza y coordinación. Su mirada era penetrante, capaz de captar detalles sutiles y observar todo a su alrededor con una perspicacia que sorprendía a los adultos. Sus ojos grandes y expresivos eran su mejor carta de presentación, siempre alerta y curiosa ante el mundo que la observaba. Sin embargo, lo que más destacaba en Noisiv era su hermosa sonrisa, que iluminaba cualquier habitación en la que se encontraba. Su alegría y entusiasmo eran contagiosos, y su personalidad amable y cariñosa hacía que fuese querida por todos los que la conocían.

A pesar de las dificultades que podían surgir debido a sus habilidades visuales excepcionales, Noisiv no se rendía ante sus sueños. Ella desafió los límites y las expectativas, superando cualquier obstáculo que se le presentaban en su camino. Su visión aguda y su mente brillante le permitían ver el mundo de una manera única y especial, inspirando a quienes la rodeaban y mostrándoles la importancia de mirar más allá de lo evidente.

Noisiv se convirtió en una niña extraordinaria que, a través de su desarrollado sentido de la visión, enseñó a todos que el poder de observar con atención y apreciar la belleza en los detalles más pequeños puede llevarnos a lograr cosas maravillosas.

En Visionpolis, el sentido de la vista había sido perfeccionado gracias a los avances científicos sin precedentes, pero la visión de Noisiv se destacaba por encima de todos los niños que crecieron con ella. Desde el momento de su nacimiento, quedó claro que su destino estaba entrelazado con un don extraordinario.

Mientras que los demás habitantes de Visionpolis dependían en gran medida de la tecnología para desarrollar sus sentidos, Noisiv no necesitaba nada más que sus propios ojos para percibir el mundo que la rodeaba.

Un día, durante una visita al zoológico de la ciudad, ella vio algo inusual en el cielo, era un águila majestuosa volando en las cercanías del zoológico. Intrigada por la belleza del ave, Noisiv decidió seguirla, corriendo detrás de ella desde el parque hasta un árbol cercano al zoológico. Allí encontró al águila, que parecía sorprendido por las habilidades de la niña para encontrarla. Al ver la rapidez y la habilidad de la niña para encontrarla, el águila se acercó a ella con curiosidad y se presentó diciéndole "Hola, mi nombre es Aliuga". Noisiv le habló al águila y le explicó que había sido su vista superdesarrollada la que le permitió encontrarlo. Desde ese momento, se hicieron amigos inseparables.

Noisiv y Aliuga se volvieron grandes amigos y pasaron muchos días explorando la ciudad y descubriendo tesoros ocultos. La niña aprendió mucho de su amigo Aliuga, como la importancia de ver las cosas con claridad y la habilidad para admirar la belleza oculta en todo. Además, Aliuga también se benefició de Noisiv, ya que ella le enseñó la importancia de la amistad y el valor de tener una orientación en la vida. Juntos, aprendieron a disfrutar de la vida al máximo, admirando todo lo hermoso que el mundo tenía para ofrecer.

Con el tiempo, Noisiv y Aliuga se hicieron parte fundamental de la comunidad, inspirando a muchas personas con su amistad y su capacidad para hacer ver la belleza del mundo a través de diferentes miradas. Y aunque sus habilidades y dones eran diferentes, encontraron una forma de conectarse y compartir sus respectivas fortalezas para crecer juntos.

Noisiv encontró una amistad especial en Aliuga, quien le enseñó a ver el mundo con una perspectiva distinta y abierta, lo que permitió que ella tuviera una comprensión más amplia del mundo y de sí misma. Y, aunque su encuentro fue casual, la amistad que surgiría de él sería para siempre.

A medida en que Noisiv crecía, su visión se volvía aún más extraordinaria, podía ver detalles imperceptibles para los demás, capturando sutilezas de luz y color que escapaban a los demás habitantes de Visionpolis. Su mirada penetrante trascendía los límites de la percepción humana, permitiéndole vislumbrar mundos dentro de los mundos.

Sin embargo, el don de Noisiv no solo era una bendición, sino también un problema para ella. Su vista aguda revelaba verdades ocultas, tanto hermosas como aterradoras. Descubrió la belleza delicada de los rincones más oscuros, pero también las sombras que acechaban detrás de la fachada de Visionpolis. Su visión inquebrantable se convirtió en una carga, y Noisiv se sintió cada vez más aislada en un mundo que no podía compartir su perspectiva.

Así comenzó el viaje de Noisiv, un ser extraordinario que desafiaría los límites de la visión humana y exploraría los misterios de Visionpolis. En su búsqueda de comprensión y conexión, se adentraría en un cosmos de descubrimientos científicos y desafíos existenciales, enfrentando preguntas que perturban los cimientos de su mundo y de su propia identidad.

Además, aunque Noisiv era un personaje fuera de lo común por su visión excepcional y se destacaba por percibir detalles imperceptibles para la mayoría de las personas, experimentó una limitación importante: su don solo le permitía ver el mundo que lo rodeaba, pero no le proporcionaba una comprensión profunda de la verdadera naturaleza de las cosas que veía. Esto se debía a la falta de otros sentidos que son más eficaces para tomar decisiones fundamentales en la vida.

Noisiv, consciente de su situación, decidió enfrentar este desafío y encontrar formas de compensar su carencia de los otros sentidos. Buscó el conocimiento y la sabiduría en Visionpolis, explorando diversas disciplinas y adquiriendo información valiosa sobre la conexión entre los sentidos y la toma de decisiones en su vida.

A medida en que avanzaba en su búsqueda, Noisiv se dio cuenta de que la percepción holística y la comprensión completa del mundo requerían más que la mera capacidad de ver. Empezó a estudiar la interacción entre los sentidos restantes, explorando cómo podía fortalecerlos y utilizarlos para complementar su sentido de la vista.

Practicó la escucha activa para captar los sonidos sutiles que otros podían pasar por alto, afinando su capacidad para interpretar el lenguaje no verbal y los tonos de voz. Aprendió a sintonizar su intuición y confiar en sus instintos para tomar decisiones más acertadas. Además, desarrolló una sensibilidad táctil aguda, utilizando el tacto para comprender la textura, la temperatura y la forma de las cosas. Sin embargo, a pesar de su perseverancia y determinación, Noisiv no lograba superar las limitaciones impuestas por su don visual unidimensional. Noisiv podía percibir cada detalle y matiz del mundo que le rodeaba a través de sus ojos, no obstante, a pesar de esta habilidad sobresaliente, Noisiv sentía un constante vacío y una inquietante sensación de vulnerabilidad.

A medida en que exploraba y se sumergía en la vida cotidiana, Noisiv más se daba cuenta de que sus otros sentidos no estaban tan agudizados como su visión. El olfato, el tacto, el oído y el gusto de Noisiv parecían estar siempre un paso atrás, privándola de una comprensión más completa de su entorno. Aunque Noisiv hacía un gran esfuerzo por complementar sus sentidos restantes, se sentía limitado y anhelaba experimentar el mundo de una manera más equilibrada.

Así, la visión de Noisiv, a pesar de su claridad, se convirtió en una doble espada. A veces, lo que veía podía engañarla y confundirla. Se dio cuenta de que el solo hecho de ver no garantizaba una comprensión completa de la realidad que se escondía detrás de lo que podía observar. Los engaños visuales, las ilusiones y las apariencias superficiales se interponían en su camino, desafiándola a encontrar la verdad más allá de la superficie.

Noisiv comprendió que la verdadera percepción va más allá de los sentidos individuales y reside en la capacidad de integrar y comprender múltiples aspectos de la experiencia humana. Aprendió a no depender exclusivamente de su vista privilegiada, sino a confiar también en su intuición y en las señales sutiles que los otros sentidos le podían proporcionar. Reconoció que solo al combinar sus dones podía descubrir la autenticidad y comprender la complejidad de la existencia.

A medida en que Noisiv avanzaba en su búsqueda de la verdad, descubrió que la fuerza y la sabiduría no radica únicamente en un sentido privilegiado, sino en la armonía de todos ellos, aprendió a apreciar la belleza del ruido, en los olores y hedores, en la sensibilidad de su piel y en los sabores de los alimentos y frutas. Y, aunque nunca pudo igualarlos al nivel de su visión, encontró cierta plenitud y una conexión un poco más profunda con el mundo a su alrededor.

Un día cualquiera, mientras estaba en su habitación en un modesto apartamento en la avenida principal de Visionlandia, su vista se nubló de repente y se vio envuelta en un humo oscuro y sofocante. Mientras el humo se disipaba, Noisiv se encontraba frente a un espantoso escenario: un ancianato en llamas. Podía ver las llamas bailando y devorando rápidamente el edificio y al pánico que se apoderaba de los residentes. Más de cincuenta ancianos se encontraban atrapados y en peligro inminente.

Sin perder tiempo, Noisiv se concentró en sus habilidades y utilizó su don para visualizar las rutas de escape posibles. Su mente se llenó de imágenes claras y precisas de las salidas y los lugares seguros dentro del ancianato.

Actuando con valentía, Noisiv se apresuró a contactar a las autoridades locales para alertar sobre el incendio y proporcionar información crucial sobre la ubicación de los ancianos y las vías de escape. Transmitió cada detalle que su sentido de la visión le había revelado, instando a un rápido y enérgico rescate.

Las sirenas de los vehículos de emergencia resonaron por las calles de Visionlandia mientras los bomberos y los equipos de rescate se dirigían al ancianato en llamas. Gracias a la información precisa de Noisiv, pudieron llegar rápidamente al lugar y comenzar las operaciones de salvamento. El fuego se extinguía y el humo se desvanecía, y los ancianos, uno a uno, eran llevados a un lugar seguro. Los rescatistas siguieron las indicaciones de Noisiv y encontraron a cada persona de acuerdo con las imágenes que les había proporcionado. El incendio fue finalmente controlado y los ancianos fueron atendidos y trasladados a un lugar seguro mientras se evaluaban sus necesidades médicas. Visionlandia estaba conmovida por la tragedia que se había evitado gracias a la habilidad única de Noisiv y la rápida respuesta de los equipos de emergencia.

Noisiv, aunque agotada, estaba agradecida de haber podido utilizar su don para ayudar a salvar vidas. Se dio cuenta de que su habilidad no era solo un regalo, sino también una responsabilidad. A partir de ese día, se comprometió a utilizar su capacidad para el bienestar de los demás, siempre dispuesta a intervenir en situaciones de emergencia y prevenir tragedias.

El nombre de Noisiv se convirtió en sinónimo de esperanza y valentía en Visionlandia, y su historia se extendió más allá de las fronteras de la ciudad. Su acto de heroísmo se convirtió en un recordatorio de que tenemos habilidades únicas que, cuando se utilizan con sabiduría, pueden marcar la diferencia en el mundo.

Noisiv, tras haber presenciado y evitado el devastador incendio, sentía una profunda necesidad de explorar nuevas fronteras y fortalecer el resto de sus sentidos. Convencida de que en otro mundo podría encontrar la fórmula para lograrlo, decidió embarcarse en un viaje inaudito hacia lo desconocido.

Llegó a la estación del tren de Visionpolis y fue entonces cuando, con su aguda visión, percibió la presencia de cuatro seres fuera de lo común. Se trataba de los enigmáticos Otaflo, Elbisnes, Odinos y Otsug. Su mirada penetrante le permitió darse cuenta de que estos seres eran el complemento perfecto que había estado buscando.

Odinos emanaba una energía especial que permitía percibir el sonido en su forma más pura. Cada nota, cada melodía cobraba vida ante sus oídos, ofreciéndole una sinfonía de sensaciones que Noisiv nunca había experimentado. Otsug, por su parte, irradiaba una vibrante vitalidad que despertaba todos los sabores y aromas en su paladar, desencadenando una explosión de gustos exquisitos. Otaflo poseía una fuerza sobrehumana, pero, más allá de eso, su presencia magnética despertaba en Noisiv un sexto sentido, una intuición poderosa que le permitía anticipar el peligro y comprender las sutilezas del entorno a través de los olores. Por último, Elbisnes, con su don de empatía extraordinaria, tenía la capacidad de sentir las emociones y las intenciones ocultas de aquellos que le rodeaban. Juntos, estos seres extraordinarios formaban un equipo único y poderoso.

Noisiv, consciente de que cada uno de ellos era la clave para fortalecer sus propios sentidos, se unió a ellos en una aventura sin igual. Viajaron por los confines de otros mundos, enfrentando desafíos y aprendiendo de las maravillas que encontraron en el camino.

En cada experiencia compartida, Noisiv se transformó. Su visión aguda se enriqueció con los sentidos de sus nuevos compañeros. Juntos, exploraron las maravillas del multiverso, desafiando las limitaciones sensoriales y abriendo nuevas fronteras de percepción.

En su búsqueda por fortalecer sus sentidos, Noisiv había encontrado algo aún más valioso: la amistad y la sinergia de aquellos que se complementan mutuamente. Así, Noisiv y sus buenos cuatro compañeros, se convirtieron en leyendas en sus mundos y en los mundos que exploraron juntos. Su unión demostró que la verdadera fortaleza reside en la capacidad de complementarse y apoyarse mutuamente, y que la diversidad de los sentidos puede desatar un potencial ilimitado.

Otaflo, Elbisnes, Odinos, Otsug y Noisiv tomaron la decisión de embarcarse en un viaje hacia las lejanas tierras de PERCEPCIÓN en busca de respuestas profundas sobre la razón por la cual los cinco, unidos, pueden alcanzar la transcendencia absoluta a través del uso pleno de los cinco sentidos.

Cada uno de ellos poseía por sí mismo un sentido extraordinario que les otorgaba una perspectiva única del mundo. Otaflo, con su extraordinario sentido del olfato, podía percibir y distinguir los más sutiles matices de aromas y fragancias, lo que le permitía encontrar pistas y descubrir secretos ocultos en los olores. Elbisnes, por su parte, contaba con un poderoso sentido del tacto. Era capaz de percibir las más mínimas vibraciones y texturas, lo que le proporcionaba información valiosa sobre su entorno y le permitía detectar cambios imperceptibles para los demás. Odinos, dotado de un mágico sentido del oído, era capaz de captar incluso los sonidos más imperceptibles. Podía escuchar los susurros del viento, los murmullos de la naturaleza y los pensamientos más profundos de las personas. Esta habilidad le brindaba una percepción única de las energías y emociones que lo rodeaban. Otsug, con su fascinante sentido del gusto, podía experimentar los sabores de manera intensa y detallada. Cada bocado era una sinfonía de sensaciones para él, lo que le permitía descubrir sutilezas y encontrar conexiones ocultas en los alimentos. Por último, Noisiv poseía un agudo sentido de la visión. Podía percibir los más mínimos detalles, desde los colores más sutiles hasta los movimientos más imperceptibles. Sus ojos eran como ventanas al mundo y podía captar, incluso, las realidades que escapaban al ojo humano común.

Convencidos de que sus habilidades combinadas podrían revelar el secreto de la transcendencia absoluta, los cinco, unidos, partieron hacia PERCEPCIÓN. Allí, esperaban encontrar un conocimiento profundo que les permitiera comprender cómo el uso conjunto de los cinco sentidos podía llevarlos a un nivel superior de conciencia y conexión con el universo.

Adéntrate en el próximo capítulo de PERCEPCIÓN y descubre los fascinantes secretos que aguardan, mientras desvelas los misterios ocultos de tu propia existencia.

¡Te espero en las páginas que revelarán
quién eres en realidad!

Soditnes Ocnic

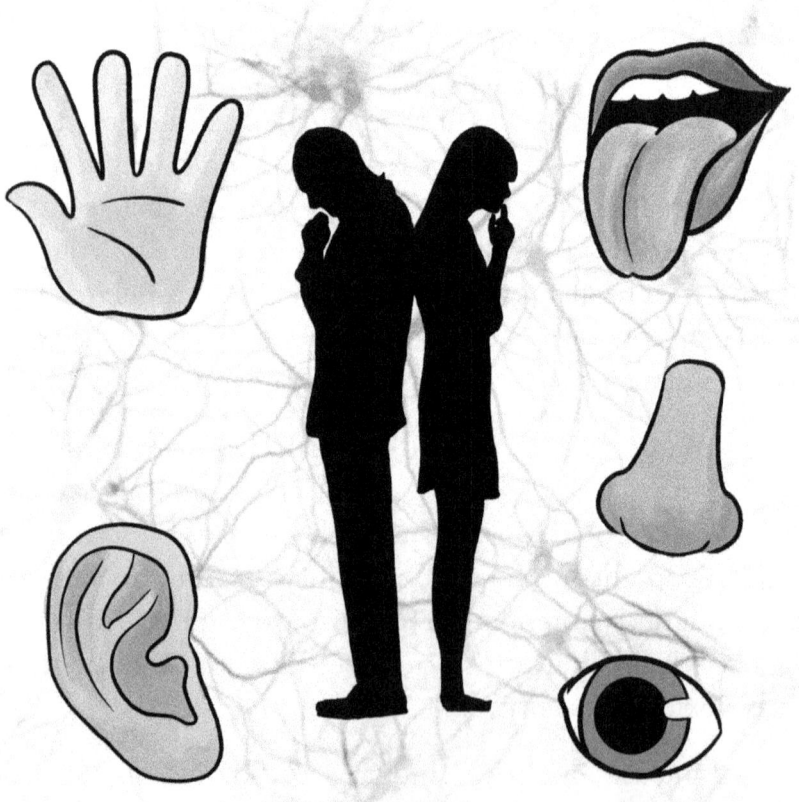

CAPÍTULO VI
Percepción

En un mundo que existe solo en tu imaginación llamado Percepción, se dio lugar a una historia asombrosa que te hará entender y sentir cosas que jamás pensaste que podrías experimentar, por el simple hecho de que tu vida era igual a la de todos los demás, desde tu gestación, niñez, pubertad, adultez y senectud; o sea, normal, común y corriente.

Esta asombrosa historia es un momento crucial para la existencia de tu vida; imagina que tú eres Soditnes Ocnic, el personaje principal de este cuento, aún en forma de embrión, como consecuencia de la unión del gameto masculino de tu padre y el óvulo fecundado de tu madre. Iniciaste tu extraordinaria existencia en un contexto de vida muy diferente a lo que la mayoría de todos nosotros conocemos como vida o la, que, al parecer, tienes hoy en día.

Todo transcurrió cuando cinco seres mágicos de otros mundos llegaron a través de un agujero de gusano a un diminuto espacio dentro de la placenta de tu madre y se instalaron como si fueran parte de ese lugar desde siempre, o por lo menos, desde que empezaste a existir.

Los cinco personajes llegaron dispuestos a guiarte en tu futura vida para hacerte un ser humano soñador, emprendedor y triunfador una vez salido al mundo exterior.

Los cinco visitantes excepcionales resultaron ser Otaflo Rolo, Elbisnes Otcat, Odinos Odio, Otsug Robas y Noisiv Atsiv; y si llegaste a este capítulo, debes saber que cada uno de ellos posee habilidades únicas y conocimientos esenciales para el crecimiento y desarrollo de tu personalidad y de tu forma de ver la vida. A medida en que tu existencia, siendo aún embrión, se va desarrollando en la placenta de tu madre, tus nuevos amigos se convirtieron en tus mentores del éxito.

A través de una conexión especial, te transmitieron sus experiencias, enseñanzas y sabidurías mientras ibas creciendo. Ellos sabían que su misión en tu proceso de formación era despertar todas tus fortalezas y oportunidades para lograr que fueses alguien exitoso y ayudarte a descubrir el potencial de tus cinco sentidos.

En tu camino hacia el nacimiento, a través de un túnel dimensional, junto a estos seres extraordinarios, comenzaste a experimentar cómo cada uno de tus sentidos se fortalecían mucho más.

Antes de tu viaje dimensional al mundo exterior, los cinco seres estaban acompañándote en cada proceso de tu crecimiento como embrión, estaban conectando tu mundo interior con el mundo exterior a través de ellos cinco, es decir, a través de tus cinco sentidos.

Así, comprendiste gracias a Otsug Robas que los antojos de tu madre jugarían un papel fundamental en el proceso de aprendizaje y preparación para tu éxito futuro. Cada antojo, cada deseo y preferencia alimenticia, animaba a tu padre a estimular tus cinco sentidos de una manera fascinante. Otsug Robas, experto en la percepción de los sabores, te mostró cómo apreciar los alimentos y disfrutar de las sensaciones culinarias.

Otaflo Rolo, con su capacidad para distinguir los olores y los hedores, se encargó de transmitirte el mágico poder del sentido del olfato. Además, su entusiasmo por compartir sus conocimientos sobre el mundo de los aromas te contagió y se convirtió en el primer sentido en desarrollarse en tu poder sensitivo.

Elbisnes Otcat, un ser dotado de una aguda sensibilidad, te enseñó la importancia de la intuición y la capacidad de reconocer oportunidades en el mundo exterior. Con su excepcional capacidad para percibir emociones, compartió su sabiduría sobre la importancia de las relaciones interpersonales y el manejo de las emociones para alcanzar el éxito personal.

Odinos Odio, dotado de una audición sobresaliente, te guio hacia el desarrollo de tu oído y tu capacidad de escuchar y comprender el entorno sonoro.

Finalmente, Noisiv Atsiv, con su extraordinario sentido de la visión, te mostró cómo observar el mundo con atención y apreciar la belleza en los detalles más pequeños.

Todos estos cinco seres extraordinarios provenientes de otros mundos se convirtieron en los guardianes de tu éxito futuro. A medida en que ibas creciendo como embrión y luego como en un feto completo, las enseñanzas de Otaflo Rolo, Elbisnes Otcat, Odinos Odio, Otsug Robas y Noisiv Atsiv se fusionaron en ti, preparándote para enfrentar los desafíos del mundo exterior.

Esta asombrosa historia de crecimiento, desarrollo y aprendizaje desde el interior del vientre materno es un testimonio de cómo los sentidos y la percepción plena pueden marcar la diferencia entre los seres humanos exitosos y los seres humanos comunes.

A medida en que transcurrían las treinta y seis semanas de tu gestación, en ese mágico proceso en el que tu ser se formaba, tus cinco inseparables amigos, Otaflo, Elbisnes, Odinos, Otsug y Noisiv, seguían fortaleciéndote a medida que tu madre y padre estimulaban tu crecimiento con mayor intensidad. Pero el día de tu nacimiento ocurrió la magia del poder de tus sentidos. En el preciso instante en que emergiste a la superficie terrestre, tus cinco amigos estaban en un trance, pero rápidamente se activaron para descubrir y disfrutar contigo el nuevo mundo que se abría ante tus sentidos.

Otaflo, el amigo aventurero, inhaló el aire del ambiente exterior, tratando de identificar y comprender cada olor presente en la atmósfera. A medida en que tus demás sentidos se despertaban, tu sentido del olfato se volvía más intenso y fuerte, asimilando los nuevos olores que te rodeaban.

Por otro lado, Elbisnes, tu pequeña y sensible amiga, sintió las enormes manos del doctor cuando te sacó del vientre materno a través del túnel de la vida. El contacto con su piel y el suave golpe en tus nalgas para provocar tu llanto despertaron una nueva experiencia en ti. Tu sentido del tacto se agudizó y te permitió sentir las sensaciones del mundo exterior desde el primer momento.

Odinos, tu amigo fiel, entró en acción al escuchar los ruidos producidos por los equipos médicos y las voces de las enfermeras y el doctor. Tu sentido del oído se vio inundado de nuevos sonidos, desde el llanto de tu propia garganta hasta los murmullos y conversaciones a tu alrededor. Cada sonido se grabó en tu memoria, dejando una huella en tu ser recién llegado al mundo.

Posteriormente, una de las enfermeras te colocó en el cálido regazo de tu madre, donde Otaflo te guio hacia el tierno pezón que te brindaba la leche de vida. Elbisnes sintió el calor de los pechos grandes y abultados de tu madre, mientras Otsug saboreaba lo exquisito del pezón y néctar amarillento que brotaba de las entrañas del cuerpo adolorido y feliz de tu adorada mamá. La conexión entre tus cinco amigos y tu pequeño cerebro se fusionó en ese momento íntimo y especial.

Así, desde el primer instante de tu nacimiento, tus amigos y tú se entrelazaron en una danza maravillosa. Juntos exploraron el mundo, abriendo nuevos horizontes de olores, sensaciones, sonidos, sabores y visiones. A través de cada experiencia, tus amigos te acompañaron, brindándote su amistad inquebrantable y ayudándote a descubrir y comprender el vasto y fascinante universo que te rodeaba.

Pero, mientras te encontrabas completamente abrigado y vestido con tu adorable vestimenta de bebé, tu amiga Noisiv, quien aún se encontraba sumida en un profundo sueño, repentinamente reaccionó y le envió una señal a tus pequeños ojos para que se abrieran y observaran lo mágico de tu nuevo y futuro mundo terrenal.

Es en ese preciso instante fue cuando se desencadenó un nuevo y fascinante proceso de descubrimiento, el despertar de tu sentido de la vista. Aunque este sentido es de una importancia crucial, ya que te permite observar y contemplar el mundo que te rodea, es innegable que fue el último en reaccionar plenamente. A medida en que tus pestañas se alzaban lentamente, la luz del entorno se filtraba a través de tus pequeñas retinas, iniciando un viaje asombroso hacia tu cerebro. Las células especializadas en tus ojos captaban los rayos luminosos, convirtiéndolos en señales eléctricas que se transmitían velozmente a lo largo de tu nervio óptico. Fue en ese preciso momento en que el milagro ocurrió: tu cerebro recibió esas señales y comenzó a transformarlas en imágenes, en un mosaico visual que se desplegó ante ti.

Al inicio, todo era una amalgama de luces y sombras, de formas y colores difusos. Sin embargo, a medida que tus ojos se adaptaban a la intensidad de la luz, las imágenes adquirieron claridad y definición. Tus pupilas, aquellos círculos pequeños que daban vida a tus ojos, se contraían y expandían automáticamente para regular la cantidad de luz que ingresaba y así proteger tu sensible retina.

Conforme te sumergías en ese fascinante proceso, tu percepción del mundo exterior se agudizaba. Descubrías que esos objetos misteriosos que antes sólo percibías a través del olfato, el tacto, el gusto y el oído, ahora cobraban forma y estructura ante tus ojos. Podías distinguir los contornos de los objetos que te rodeaban, apreciar la diversidad de colores y texturas que te cautivaban y sonreír al identificar los juguetes que se encontraban dispersos a tu alrededor. Y lo más emocionante fue cuando miraste el rostro de tu mamá por primera vez.

Es cierto que el sentido de la vista es uno de los más importantes en nuestra experiencia humana, porque, a través de él, somos capaces de observar la majestuosidad del mundo que nos rodea y apreciar los detalles más sutiles y cautivadores. Sin embargo, es importante reconocer que, en el desarrollo humano, este sentido es el último en alcanzar su plenitud.

Desde el momento de nuestro nacimiento, nuestros ojos están en constante proceso de maduración y adaptación. Nuestros músculos oculares se fortalecen, permitiéndonos enfocar y seguir objetos con mayor precisión. Nuestra percepción de los colores se afina y nuestros ojos adquieren la habilidad de ajustarse a diferentes niveles de luz de manera más eficiente.

Así, nos damos cuenta de que la vista, a pesar de ser uno de los sentidos más tardíos en reaccionar plenamente, nos brinda una ventana maravillosa hacia el mundo exterior.

En cada aroma, en cada caricia, en cada sonido, en cada sorbo de leche materna y en cada mirada, la magia de la vida se revelaba ante ti. Tus cinco amigos, Otaflo, Elbisnes, Odinos, Otsug y Noisiv, continuaron siendo tus fieles compañeros, enriqueciendo tu existencia con su presencia amorosa y desplegando un abanico de sensaciones que te invitaban a explorar, aprender y crecer en este asombroso viaje llamado vida.

Cada vez que aspirabas los sutiles aromas del mundo, desde las fragancias frescas de las flores hasta el acogedor aroma de tu hogar, te sumergías en una sinfonía de olores que evocaban recuerdos y emociones. Era como si cada aroma llevará consigo una historia que contarte, despertando tu curiosidad y transportándote a lugares lejanos en tu imaginación.

Las caricias suaves y amorosas que recibías, ya fueran de tus seres queridos o de las suaves texturas que explorabas con tus manitas, te brindaban una sensación reconfortante de seguridad y conexión. Cada caricia era un lenguaje silencioso pero elocuente, te transmitía amor y cuidado, y te enseñaba el poder del contacto humano en el fortalecimiento de los lazos afectivos.

Los sonidos, desde el suave susurro de una canción de cuna hasta el alegre gorjeo de los pájaros, te sumergían en un universo sonoro lleno de emociones y significados.

Cada nota musical, cada ritmo y cada melodía era como una pincelada musical que pintaban tu mundo con colores emocionales, despertando en ti la alegría, la calma o la emoción.

Cada sorbo de leche materna, aquel elixir nutritivo y reconfortante, se convertía en un momento de conexión íntima con tu madre. Con cada succión te nutrías física y emocionalmente, experimentando la dulzura de la cercanía y el vínculo especial que los unía. Era un acto de amor mutuo que te brindaba el sustento necesario para tu crecimiento y desarrollo.

Luego estaban las miradas, esos encuentros visuales que trascendían las palabras. A través de los ojos, podías comunicarte sin hablar, transmitiendo y recibiendo emociones, entendiendo y siendo entendido. En cada mirada, encontrabas la chispa del entendimiento y la conexión humana, compartiendo momentos de complicidad y ternura con tus seres queridos.

En este maravilloso viaje de la vida, tus fieles amigos Otaflo, Elbisnes, Odinos, Otsug y Noisiv, te acompañaron en cada paso del camino. Ellos eran testigos de tus primeros descubrimientos, tus risas contagiosas y tus travesuras. Su presencia amorosa te inspiraba a explorar el mundo que te rodeaba, a aprender de cada experiencia y a crecer en sabiduría y amor.

Te invito a seguir sumergiéndote en el maravilloso mundo de tus sentidos, descubriendo tus poderes en tu propia historia. En cada fragancia, caricia, melodía, sabor y mirada yace la esencia misma de la vida, la llave para conectar con el mundo y los demás de manera única y especial. Que cada sensación te embriague y te inspire a explorar sin límites, aprender sin cesar y crecer en este fascinante viaje llamado existencia.

Si hasta ahora no has desentrañado los dones extraordinarios que portas desde tu nacimiento, si has creído que oler es mero automatismo, sentir es una mera sensación, oír solo tiene propósito en la música o las voces ajenas, saborear solo se reduce a satisfacer el apetito y mirar es solo una manera simple de contemplar lo que te rodea, entonces, has vagado perdido en la corriente de tu vida. Has malgastado tiempo valioso al no explorar con todos tus sentidos, al no abrazar las oportunidades que se han presentado ante ti al no prestar atención a tus habilidades extraordinarias.

Hoy te invito, una vez que concluyas la inolvidable travesía de esta historia, a que despiertes tus poderes latentes. Permítete abrir tus sentidos a una nueva perspectiva de vida, acércate a tus sueños más anhelados. Las debilidades te arrastran hacia la derrota, usa tus cinco sentidos como faros para identificarlas. Las oportunidades te despliegan sus puertas, sin importar cuán arduo sea el desafío, aprende a reconocerlas con el apoyo de tus sentidos. Tus fortalezas son el combustible que te impulsa a avanzar sin titubear, sin temer a tus propias inseguridades, porque son ellas las que te conducen hacia la meta trazada.

Las amenazas siempre acechan en cada paso de tu existencia, pero con tus sentidos aprenderás a reconocerlas, a esquivarlas y protegerte en cada proyecto vital que emprendas. Tus cinco sentidos están en ti para ayudarte a romper las barreras de lo imposible y hacer realidad todo cuanto te propongas.

Tú, que aún sigues aquí, leyendo cada una de estas líneas con la plena confianza de que estas descubriendo nuevas experiencias y fortaleciendo tu capacidad para utilizar tus sentidos, permíteme animarte a que sigas desarrollando los superpoderes con los que llegaste a este planeta tierra. Esos dones innatos que te impulsan, que el universo depositó en ti para llenar tu vida de fortaleza y propósito. Continúa cultivando esas habilidades que te hacen único, aquellas que te permiten percibir el mundo de una manera especial. A medida que nutras y afines tus sentidos, te sorprenderás de la vastedad de la belleza y el conocimiento que puedes descubrir en cada momento. El olfato, el tacto, el oído, el gusto y la vista son tus superpoderes para explorar y apreciar todo lo que te rodea.

Recuerda siempre que dentro de ti reside una fortaleza que te impulsa a ir más allá, a perseguir tus sueños y alcanzar tus metas. Permítete conectarte con esa fuerza interior y utiliza tus sentidos como guías en este apasionante viaje de autodescubrimiento y crecimiento personal.

Otaflo te guiará por el camino correcto, llevándote a oler los destellos de la verdad y discernir lo que te conviene. Elbisnes te envolverá con las vibraciones positivas de tu entorno, brindándote resguardo contra el peligro. Odinos te susurrará los sonidos del éxito y del fracaso, dejando en tus manos la elección de qué escoger. Otsug fortalecerá tu paladar para que comprendas que no todo lo delicioso es beneficioso, y Noisiv te otorgará una nueva perspectiva de la vida, permitiéndote evitar el fracaso y tomar decisiones acertadas en cada encrucijada.

Mi apreciado lector, permíteme adentrarme en la intrincada maraña de interrogantes que pueblan nuestras mentes inquietas. ¿No has sentido la inquietud que se desliza sigilosa por los pasillos de tu conciencia al contemplar las diferentes trayectorias que emergen dentro de una misma familia? ¿Acaso no te has preguntado qué misterios se esconden tras la presencia de individuos triunfadores y aquellos que parecen arrastrarse en los senderos de la derrota? ¿No te ha suscitado curiosidad el hecho de que, entre hermanos, seres unidos por el hilo de la sangre, afloren individualidades tan dispares, producto quizás de una percepción más aguda que se ha manifestado sin advertencia? ¿No te resulta fascinante considerar que algunos atribuyan su éxito a meras casualidades, sin reconocer la fortaleza que han forjado a través del sagrado don de sus cinco sentidos? ¿No has notado cómo algunos huelen, sienten, escuchan, saborean y observan la vida desde una perspectiva completamente distinta? Pues te afirmo con firmeza que el éxito no se gesta por mera casualidad ni se arropa en los hilos caprichosos de la suerte. Ser un triunfador en esta travesía llamada vida está intrínsecamente ligado a la forma en que hemos interpretado nuestro entorno desde los mismos cimientos de nuestra existencia, así como a la manera en que hemos cultivado una íntima conexión con nuestros sentidos.

La percepción, ese fenómeno complejo y sutil que nos permite aprehender el mundo, desempeña un papel primordial en el rumbo que tomamos en la búsqueda de nuestros sueños y aspiraciones. Desde las primeras etapas de nuestro desarrollo hemos sido testigos de cómo nuestros sentidos se convierten en los vehículos de nuestra comprensión y experiencia, en las luces que nos guían en medio de la inmensidad de las oportunidades y desafíos. Entonces, mi apreciado lector, déjame reafirmar contundentemente que el éxito es una sinfonía meticulosamente orquestada, cuyas notas resuenan en cada fibra de nuestra percepción, invitándonos a explorar, a aprender y a trascender los límites impuestos por las circunstancias.

En este intrincado tejido de la vida, nuestra relación con los sentidos se convierte en un faro luminoso que nos guía hacia la conquista de nuestras metas más anheladas.

Te he contado mi extraordinaria historia y la de mis cinco amigos para inspirarte, agradeciéndote profundamente por tu compañía incondicional en esta cautivadora travesía de vida que tuve el privilegio de compartir contigo, de forma simbólica y metafórica, las vivencias que han tejido la trama de mi existencia. Además, deseo transmitirte cómo he aprendido a abrazar y exprimir al máximo cada uno de mis cinco sentidos, dotándome de una fuerza trascendental en mi caminar por este intrincado sendero llamado vida.

Con inmenso regocijo y gratitud, alzo mis palabras hacia ti, honrado lector, quien ha tenido la gentileza de adentrarse hasta las últimas páginas de mi obra literaria, *Percepción: Una historia con sentidos*.

Tu fidelidad y compromiso con esta narrativa que ha emergido de las profundidades de mi ser son un bálsamo para mi alma de escritor. Permíteme expresarte, en palabras escogidas con minuciosa dedicación, cuán apreciado es tu valioso tiempo y tu espíritu inquisitivo que ha navegado conmigo a través de las esferas de la percepción y la sabiduría sensorial.

Que esta historia, concebida con afecto y envuelta en el manto de la reflexión, haya resonado en tu corazón y te haya guiado hacia nuevos horizontes de comprensión y apreciación de los sentidos, es un logro que me llena de regocijo y satisfacción. Permíteme, pues, que mis palabras, tejidas con el hilo dorado de la gratitud, encuentren eco en tu memoria y se perpetúen como un testimonio de nuestra unión en este viaje literario de descubrimiento y enriquecimiento del espíritu.

Te reitero mi sincero agradecimiento por tu compañía a lo largo de este emocionante viaje literario. Ha sido un placer para mi embarcarnos juntos desde el Capítulo I y explorar las páginas de esta historia juntos. Espero que hayas encontrado conocimiento y deleite en cada uno de sus momentos.

Como una semilla plantada en tu frondoso jardín del conocimiento, espero que esta historia pueda echar raíces en tu memoria y en la de todos aquellos que formen parte de tu vida, para que la lean y perdure en el tiempo.

Espero que cada palabra escrita y cada personaje creado hayan dejado una huella en tu mente y en la de las futuras generaciones de tu árbol genealógico. Las historias tienen el poder de enseñarnos valiosas lecciones sobre la vida, despertar nuestra imaginación y mostrarnos nuevas posibilidades. Espero que esta historia haya logrado cumplir con esos propósitos.

Los cinco sentidos son una ventana al mundo que nos rodea y, a través de ellos, podemos experimentar y percibir las maravillas que nos ofrece la vida. Si esta historia ha logrado transmitir la importancia de utilizar nuestros sentidos de manera plena y consciente, entonces me alegra saber que ha cumplido su propósito.

Cuando nos enfrentamos a dudas o necesitamos inspiración, los libros son una fuente inagotable de conocimiento y sabiduría. Espero que, en momentos de incertidumbre, puedas volver a las páginas de esta historia y sumergirte una y otra vez en su travesía literaria. Que cada vez que lo hagas encuentres algo nuevo, algo que te haga reflexionar y te ayude a alcanzar tus sueños más inimaginables.

Gracias por compartir este viaje literario conmigo. Espero que las semillas de esta historia germinen en tu mente y sigan floreciendo a lo largo del tiempo, llevando consigo sus frutos de inspiración, sabiduría y entretenimiento. Gracias, nuevamente, por haberme acompañado en este viaje. Tu presencia ha sido invaluable y espero encontrarte de nuevo en futuras aventuras literarias.

Que tengas siempre un mundo de libros esperándote para explorar, aprender y disfrutar.

¡Hasta la próxima!
Soditnes Ocnic

EPÍLOGO
Reflexiones sobre percepción: una historia con sentidos

A medida que llegamos al final de *Percepción: Una historia con sentidos*, es momento de reflexionar sobre el viaje que hemos emprendido juntos a través de las páginas de este libro. Ha sido un viaje lleno de emociones, descubrimientos y, sobre todo, una profunda exploración de la percepción humana.

A lo largo de estas páginas, hemos explorado la manera en que nuestros sentidos moldean nuestra realidad y cómo nuestra percepción del mundo nos define como individuos. Desde el olfato, el tacto, el oído, pasando por el gusto y la vista, hemos descubierto cómo estos sentidos influyen en nuestras experiencias y cómo interpretamos el mundo que nos rodea.

En la historia de los protagonistas, hemos presenciado cómo la percepción puede ser moldeada por las circunstancias, las experiencias y las relaciones personales.

Cada personaje ficticio ha afrontado desafíos únicos y ha tenido que aprender a confiar en sus sentidos para encontrar su camino en un mundo en constante cambio.

A lo largo de nuestras vidas, enfrentamos situaciones en las que nuestras percepciones pueden ser desafiadas y cuestionadas. Esta historia con sentidos nos ha recordado la importancia de ser conscientes de nuestras propias percepciones y estar dispuestos a explorar nuevas perspectivas. Nos invita a cuestionar nuestras suposiciones y a estar abiertos a nuevas formas de percibir el mundo que nos rodea.

Percepción: Una historia con sentidos no es solo un relato, sino también un llamado a la reflexión y a la apreciación de la diversidad de experiencias humanas. Nos muestra cómo nuestras percepciones individuales se entrelazan y se enriquecen, formando una red de conexiones que da forma a nuestra comprensión colectiva de la realidad.

Al llegar al final de este libro, espero que te sientas inspirado para explorar tus propias percepciones y descubrir cómo influyen en tus interacciones con el mundo. Que esta historia te haya recordado la importancia de fortalecer tus sentidos para que logres en tu vida lo que jamás te hayas podido imaginar. Recuerda siempre que la percepción es un regalo único y personal, y que, al comprender y valorar nuestras oportunidades, podremos construir una vida mejor.

Que esta historia siga resonando en tu mente y en tu corazón, recordándote la importancia de vivir una vida llena de sentido y apertura hacia las maravillas que nos rodean.

Con admiración y respeto,
Osmer Martínez

AGRADECIMIENTO
Querido lector,

Me dirijo a ti con un profundo sentido de gratitud y emoción al terminar la creación de mi libro *Percepción: Una historia con sentidos*. Es un honor y un privilegio compartir contigo esta obra que ha sido el resultado de meses de arduo trabajo, investigación y pasión.

En primer lugar, quiero expresar mi más sincero agradecimiento a ti, querido lector, por tomarte el tiempo y la dedicación para sumergirte en las páginas de este libro. Tu apoyo y entusiasmo son la fuerza impulsora detrás de mi labor como escritor, y sin tu presencia, este libro no tendría sentido.

Me gustaría extender mi gratitud a todos aquellos que contribuyeron directa o indirectamente a la realización de este proyecto. Agradezco a mi esposa, hijos, familiares y amigos por su inquebrantable apoyo y aliento durante todo el proceso de escritura. Sus palabras de ánimo y paciencia han sido una fuente constante de inspiración para mí.

También debo agradecer a los expertos en el campo de la percepción y los sentidos, cuyas investigaciones y conocimientos han sido fundamentales para dar vida a las ideas y conceptos plasmados en estas páginas. Sus contribuciones han enriquecido enormemente la calidad y el alcance de este libro.

No puedo dejar de mencionar a mi editor y al equipo editorial que ha trabajado incansablemente en la edición y pulido de esta obra. Su profesionalismo, experiencia y atención al detalle han sido fundamentales para asegurar que el mensaje de *Percepción: Una historia con sentidos* sea transmitido de la manera más clara y efectiva posible.

Finalmente, quiero agradecer al Gran Arquitecto del Universo y a la vida misma por inspirarme y brindarme las experiencias y vivencias que han dado forma a esta historia. La percepción es un tema fascinante y complejo, y he tenido el privilegio de explorarlo a través de mi propia existencia y de la escritura. Espero sinceramente que este libro te inspire a reflexionar y comprender mejor el mundo que nos rodea.

Con humildad y gratitud, te agradezco nuevamente por acompañarme en esta travesía literaria. Tu apoyo y *feedback* significan el mundo para mí.

Que *Percepción: Una historia con sentidos* sea una fuente de disfrute y aprendizaje para ti, y que sus páginas te guíen hacia una comprensión más profunda y enriquecedora de los sentidos que nos conectan con el universo.

Para despedirme, te invito a sumergirte aún más en esta maravillosa historia y descubrir el origen de los nombres y apellidos de cada protagonista y personaje.

Con todo mi agradecimiento.